五七五と出会った子供たち

夏井いつき＆ローゼン千津

春陽堂書店

はじめに

本書は、ひょんなきっかけで俳句と出会った子供たちの物語だ。

第一章は、廃版となっていた『100年俳句計画　五七五だからおもしろい!』(そうえん社)の中から、忘れがたいエピソードを抜粋し、再構成した。

第二章では、五人の俳句キッズたちが出演したMBS『プレバト!!』の俳句特番の模様を。第三章では、その五人の追跡レポートを、我が妹ローゼン千津に依頼した。取材者としての視点から、子供たちの心情、家族のありよう、広がっていく句友たちとの縁などを、生き生きと描いてくれた。

「俳句の種蒔き活動」は、私たち夏井&カンパニー、そして俳句集団「いつき組」組員と共に推し進めるライフワークだ。

これからの活動にとっても貴重な記録となるに違いない本書を、私の著書の中では『子供たちはいかにして俳句と出会ったか』(創風社出版)の姉妹編と位置づけたい。そちらも是非ご一読いただければ幸甚だ。

俳句を愛する全ての皆さんの心へ、この一冊が真っ直ぐに届きますように。

夏井いつき

目次

第一章

俳句の種蒔き「句会ライブ」

夏井いつき

俳句集団「いつき組」の仲間たちと続けてきたのが、「俳句」という表現形式を通して豊かな人類の未来を創造していこうという壮大で荒唐無稽な「俳句の種蒔き活動」だ。そして、その中の大きな柱の一つが「句会ライブ」。前著『100年俳句計画　五七五だからおもしろい！』（そうえん社）は、「俳句の種蒔き活動」の成果や「句会ライブ」の数々のエピソードを収録した一冊だった。

できることなら毎日「句会ライブ」をして歩きたいぐらい、私はこの現場を愛しているのだが、ところがどっこいカナシイことに、泣いても笑っても体は一つ、一日は二十四時間しかない。抱えている連載やテレビやラジオに講演会などもあり、一人でできることには自ずと限界がある。そんなこんなで、私が一般対象の「句会ライブ」を担当し、学校現場の「句会ライブ」は、息子の家藤正人が担当してくれるようになって久しい。

第一章では、私自身にも忘れがたいものとなっている、学校現場での「句会ライブ」のエピソードを加筆修正し再録した。「句会ライブ」の現場で一体どんな爆笑が起こり、涙が生まれ、止まない拍手や年齢を超えた友情や熱い感動が心を満たしたのか。手に取って下さった全ての皆さんの心に、子供たちと過ごした「句会ライブ」の時間が、原寸大の感動として手渡されることを祈っている。

句会ライブとは

「句会ライブ」。

何ですか、そりゃあ？　とよく聞かれる。演奏するんですか、歌うんですか、とも問い返される。いえいえ、そんなものではありませんよ、と私は笑って答える。

「ライブはライブだけど、句会なんですよ」

「句会」というのは、言うまでもなく「俳句の句座」のこと。自分たちが作った句を持ち寄って、この句が良い、いやいやこの句のここをこうすればもっと良くなるなど鑑賞し合う会なのだが、この句会のシステムというのは大変合理的にできていて、難しい言葉でいうと「匿名性と平等性を保ちつつ、誰もが同じ土俵で、作品の良し悪しを論じ合える」見事な仕組みなのだ。（そのやり方をここで説明してると話が逸れてしまうので、そこはちょいと横に置いておく）ところが、この「句会」のやり方には、たった一つ弱点がある。それは、人数が多くなればなるほど、だんだん薄味になってしまうことだ。

「句会」のシステムを心地よく楽しめるのは、せいぜい十人から二十人ぐらいまで。これが百人、二百人と増えていけば、共に「論じ合える」どころか一人一人が選んだ句を発表しているだけでとんでもない時間がかかってしまう。人数が増えると議論できないとは言わないが、膝を寄せて語り合うという親しさはほとんど失われてしまう。

ある新聞記者に質問された。

「今の時代に相応しい、新しい句会の形式はないんですか？」

この言葉はずっと私の脳裏で揺れ続けていた。今の時代に相応しい、多くの人と一緒に楽しめる新しい句会のスタイル。そんな自問自答から生まれたのが、この「句会ライブ」。そう、「句会」をライブで楽しむという意味合いのネーミングなのだ。

最初は、なんぢゃそりゃ!?　としか思われなかった「句会ライブ」だが、一度でも「句会ライブ」を体験した人たちは、大人も子供もその楽しさを手放しで喜んでくれる。こんな楽しいものを、自分一人で味わっているのは勿体ないと、家族や友達を誘って足を運んで下さるようになってきた。

例えば、こんな日のこんな「句会ライブ」。

体育館には小学校一年生から六年生まで全校の子供たち。さらに同じ校区の中学校一年生から三年生。そしてその後ろには、両校の先生方と「句会ライブ」初体験の地域の大人たち。体育館いっぱいの人達との楽しい二時間が始まる。

第一部は、「俳句のカンタンな作り方」講座から。

「俳句って、皆難しいと思い込んでるけど、それがそもそも大きな勘違い。作文とか感想文とか書くの苦手！　っていう人いたら手を挙げてごらん」

と問い掛けると、即座に中学生の男の子たち数人の手が挙がる。みると中学校の教頭先生も手を挙げているのに、会場から早くも笑いが起こる。

一番先に手を挙げたのは、中学校三年生のタイシ君。野球部のキャプテンでキャッチャーなんだそうな。

「宿題で作文なんか出たら最悪っス。題名と名前書いただけで、もうそれから何もできないまんま、気がついたら寝てるっス。なんちゅーか、気がついたらフォアボールだけで負けてしまった試合みたいな……」

場内から笑い声と、「そうだそうだ！」の拍手。

「そうかあ作文って長いもんなあ。原稿用紙二、三枚は書かないといけないもんなあ」

「とんでもない！　きっちり五枚書かないと宿題を受け取ってくれない、鬼のような先生がうちの学校にはいます……。あそこにいる、眼鏡かけた、顔はちょっと可愛いけど、心は鬼のターコ先生！」

彼の担任らしいターコ先生が笑い転げている。

「俳句ってさ、たった十七音。原稿用紙なら一行の半分と少し。ま、日本語がしゃべれる人なら、誰でも五分もありゃあ、一句はできちゃうのよ」

「ほんとっスかあ、オレでもぉ？」

私が教えるのは、たった一つ。「取り合わせ」という俳句の技法の中の、最も基本的な「型」の一つだけだ。

俳句を知らない人が、俳句は難しいと感じるのは、いくつかの「季語」は知っていても、俳句の「型」を一つも知らないから。沢山ある中のたった一つの「型」を知っただけで、俳句はジャンジャン作れるようになるのだ。

「俳句は五七五のリズムで作るってことは、知ってるよね。さらに季語を入れるっていうルールも知ってる。この二つの約束があるから俳句は難しいと思い込んでいる人が多いんだけど、実はこの二つの約束のおかげで、俳句ってカンタンにできる仕組みになってんの」

ホワイトボードに、〇を書いて説明する。

〇〇〇〇〇
〇〇〇〇〇〇〇
〇〇〇〇〇

「例えばね『春の空』っていう季語。指で数えると『は・る・の・そ・ら』の五音だよね。この五音の季語を、そのまま、五七五の最初の『五』のとこに入れてみよう」

はるのそら
○○○○○○○
○○○○○

「ね、こうすると、今はまだ自分の脳みそを全く動かしてないのに、俳句の約三分の一が自動的にできちゃってるわけよ」

会場の皆は、うんうんと頷いている。

「後はね、残りの十二音の○に言葉を入れていけばいいの。タイシ君、きみは今朝何を食べた？」

すでに元の席に戻っているタイシ君が、野球部チックな大声で答えてくれる。

「ハイ！　自分は、ご飯三杯と目玉焼きですッ！」

春の空
ご飯三杯

目玉焼き

　ホワイトボードにできあがった句を書き込むと、会場からはクスクス笑いと拍手が起こる。

「ね、君の話してくれたことがそのまま俳句になっちゃった。春の明るい朝の空、タイシ君は今日も『おっりゃー野球頑張るぞ！　ついでに授業もちょいと受けてやるぞ！』って、ご飯もりもり食べてるわけよ。目玉焼き一個のおかずで、ご飯三杯食べられるところが、いかにも彼らしいねぇ！　そんな野球部のキャプテンを『春の空』は優しい目でみつめてくれてんだよ」

と説明すると、「ほおー！」という小さなどよめきが起こる。

春の空ご飯三杯目玉焼き

「俳句はこんなふうに縦に一行に、間を空けないで書くのが正しい書き方。さらにその下に、作者の俳号を書く。俳号ってのは、俳句用の名前ね。……うん、そうだよ、俳号は自分で好き勝手につけていいの。……ん？　タイシ君、俳号もう決めたの!?」

春の空ご飯三杯目玉焼き　キャプテン・大志

こんな調子でレクチャーは終わる。

「さあそれじゃあ、早速、『五分で一句』やってみよう！　え？　五分が短いって？　なーに言ってんの、人間の脳みそなんてね、集中して五分も考えりゃあ、何か出てくるようになってんの。それ以上考えてたら、タイシ君みたいに原稿用紙の前で寝てしまうだけだからさ」

会場には笑いの渦が起こるが、すでに皆、頭の中でひそかに五七五と指を折っているかのような真剣味が漂ってくる。

五分で一句。これが「句会ライブ」の作句時間。絶対できないと言い張っていた大人たちも「要は、十二音で何かつぶやいてみるだけのこと」という私の台詞に無理やり背中を押され、鉛筆を握り始める。五分が終わり、全員の句が回収されたところで、「句会ライブ」の第一部が終了する。

「句会ライブ」の第二部。

子供たちがトイレ休憩に入っている間に、全ての投句（提出された俳句）に目を通し、決勝に残る十句（時間や人数によって、五句や七句の場合もある）を選んでおく。裏方のスタッフによって決勝進出十句が大型短冊に清書されるまでの間、ステージに戻った私は愉快な句や巧かった句などを紹介していく。一句読んでは解説し、「作者、お立ち下さい。どうぞ！」と呼びかけると、作者は得意そうに恥ずかしそうに立ち上がる。その度に会場からは笑いや拍手が起こる。

さて、決勝に残った十句の準備が整ったとの合図を確認し、まず「句会ライブ」のたった一つのルールを強い口調で説明する。

「いい？　よく聞いてね。せっかく決勝の十句に残ってるのに、ここにきて失格になる人が時々いるの。どうすると失格になっちゃうかというと、『これは私の句です』って、うっかり自分が作者だってことをバラしちゃったら、即座に失格！　アウトぉおおおお！　ってことになる」

会場がどよめく。最前列に座っている小学校一年生たちが、不安げに私を見上げる。

「もし、ラッキーなことに、ベスト十句の中に自分の句があったら、絶対に自分の句だって言わないで、知らん顔して自分の句を褒めまくって下さい。そうすると、聞いてる人たちが、おお！　それもイイ句だなあって、あなたの句を応援してくれるかもしれない。そうすれば、あなたの句が今日のチャンピオンになれる可能性も出てくる！」

ホワイトボードの裏に張られている十枚の大短冊。ホワイトボードがゆっくりと回され、皆の前に今日の決勝進出十句がお披露目される。会場の視線が集中する真剣な静けさ。さまざまな反応・表情が目の端に飛びこんでくる。小さく息をのみハッと口をおさえる小学校二年生の女の子もいれば、ガックリと肩を落とす四年生の男の子もいる。

「句会ライブ」のチャンピオンは、会場の参加者全員の話し合いで決定する。誰かの見事な解釈によって、それまで見向きもされなかった作品に注目が集まることもある。

春の空ほんとの心伝えたい

話題の一つとなったのがこの句。キャプテン・大志が絶賛した句だった。

「いやあ、ドキッとしました。ズバリ！　これは恋の句です。きっと野球に励んでいるボクのことを、遠くでみつめている少女がいるに違いないです！」

という独自の解釈に大いなる拍手と爆笑が起こり、なんとこの日の第三位に駆け上がった。

参加者のお楽しみは、最後の作者登場シーン。一句一句の良さを解説した後、私はこう呼びかける。

「さてこの句の作者、どこにいらっしゃいますか、お立ち下さい、どうぞ！」

ピョンピョン飛び跳ねるように立ち上がる小学校一年生の男の子もいれば、恥ずかしそうにジワリと手を挙げる六年生の女の子もいる。作者が分かる度に、会場は「おおー！」という驚きの歓声があがったり、「やっぱりねぇ！」と言わんばかりの納得の拍手が起こったりする。

この日の「句会ライブ」が最も沸いたのは、先ほどの句「春の空ほんとの心伝えたい」の作者が判明した瞬間だった。

「さて、タイシ君が恋の句だと決めつけている句。うーむ、タイシ説がひょっとして正しかった時にだなあ、やっぱり入賞の賞品は、タイシ君の手から渡してもらった方が、これから先の発展性ってのがあるかもしれないなあ」

そんな私の呼びかけに、タイシ君は再びプレゼンテーターとして堂々とステージに上がってきた。

「作者は野球部キャプテンにほのかな恋心を抱いている少女であって欲しいと、キャプテン熱望の一句。作者、どこにいらっしゃいますか、お立ち下さい、どうぞッ！」

息をのむ一瞬の静けさの後、会場の一角から爆発的な笑いが起こった。その笑いの渦の真ん中に立っていたのは、他でもないタイシ君の担任ターコ先生！　野球部キャプテン唖然！

「この句は、最初タイシ君が、人のことを鬼呼ばわりしたので、子供たちを思う担任の真剣な気持ちを分かって欲しいなあって作ったんですが、ま、ある意味ワタシも、バックネットの裏からタイシ君を見つめる少女の一人でもあるんで」

と笑うターコ先生。隣で、

「ちゃうで、先生、ちゃうちゃう！」

と必死でうち消すタイシ君。

「最後の最後に、逆転満塁ホームラン打たれた敗戦キャッチャーの気分です」

と語りながらタイシ君が、入賞の賞品をターコ先生に渡して握手を求める。ターコ先生は、満面の笑みで彼の分厚い手をしっかり握り、その手を持ち上げ、勝者のポーズ。会場からは二人への惜しみない大拍手が再びわき起こっている。

高浜小&中学校

松山市立高浜中学校は、愛媛県の海の玄関である松山観光港にほど近い丘の上の学校。同じ校区の高浜小学校の六年生たちを招待して行われた「句会ライブ」は、日曜参観日でもあり保護者の皆さんも一緒に楽しむ二時間となった。

学校の玄関を入ったとたん、元気な男子集団に遭遇。

「組長！　僕ら俳句は全然選んでもらえんので、今年は季語クイズに的を絞ってます」

と、のっけからの戦闘宣言。

「今年のクイズは手強いぞぉ！」

と私も言葉を投げ返す。

「句会ライブ」では「取り合わせ」という俳句の型を伝えることを技術目標にしているが、興味関心を持ってもらうための季語クイズは必須アイテム。毎年新しいネタを開発していくのも私の大事な仕事だ。今年の季語クイズはこんな出題を用意した。

〇〇〇〇〇心の中まで白くなる

この中七・下五のフレーズの、頭、つまり上五にくっつく季語を当てっこするというゲームだ。用意したカードは次の七つ。

かみなりや
大花火

別れの日
アイスクリーム
冷奴
夕立や
夏あざみ

この中から、これぞと思うものを選び、その理由を明確に語った七名が、クイズの勝者となれるというのが今日の趣向。戦闘宣言の通り、ここに勝負を賭けている男の子たちの、我こそは！　の挙手が続く。

「かみなりってのは、心が一瞬ビクッとする。その瞬間に心ってのは白くなるんです」

「コワイってだけでは白じゃない。驚いた後に、美しさが広がる大花火じゃないと白くなるところまではいかんです」

「心が白くなるっていうことをボクの十四年の人生振り返ってみたら、別れの日以外ない。もう絶対に間違いなくこれ！」

一人一人の意見に、参加者たちは耳をすませ納得し拍手し首をかしげ反論し始める。

「アイスクリームは七音じゃないか」

「別れの日は季語じゃないぞ」

という指摘も飛び出し、会場は大いに迷い大いに揺れる。

こんなゲームを利用しながら、「取り合わせ」の技法を説明した後、いよいよ五分で一句の作句タイムとなる。今日の兼題「青嵐」または「ソーダ水」に自分が作った十二音をくっつければあっという間に一句できあがりという寸法だ。「句会ライブ」を何度か経験している中学生たちは、いかにも軽やかに一句をものにしていく。

お母さん俺と討論ソーダ水　松井克仁

「作者はお母さんと何の討論をしてると思う?」

という私の問い掛けに、お小遣いの交渉だ、成績の話し合いだとの意見が噴出した。

「試合のたびに、僕のシュートフォームがなっとらんってお母さんが言うので、それでいつも議論になってしまいます」

とは作者である中二のバスケット少年の弁。

「さっきまでお母さんいたんだけど、今ちょうど席を立ってるみたい……」

と、少し残念そうな笑顔が印象的だった。

「句会ライブ」のクライマックスは、順位が決まった後での作者登場の場面。自分が推した俳句の作者は誰だろうという興味が、体育館の中に渦巻く。

青嵐毎日ふえる独り言　　早瀬　翔

「おい、早瀬君、大丈夫か？　一人で毎日ぶつぶつやってんのか？」

「いやぁ、自分ではあまり感じてないけど、人に言われてハッとすることがある」

「それって私と同じ中年の症状やな……」

中三の早瀬君は、一緒にしてくれるなとゲラゲラ笑い、青嵐って季語が良いバランスを保ってると褒めるとニカッと満足そうに笑った。

至誠中学校

広島県福山市立至誠中学校での「句会ライブ」は、もう何回目になるのだろうか。正門玄関前の階段に全校生徒がプラカードを持って大歓声で迎えてくれたことも、記憶に新しい。

この年のこの日の「句会ライブ」は、「凸凹」「まっすぐ」という二つのキーワードからの連想を一句にしてみようというプログラム。すでに「取り合わせ」の技法を理解している生徒たちは、連想の翼を自由に広げる。

まっすぐな定規でひいた春の星　宰

凸凹なテストの点数シャボン玉　美貴

まっすぐに手のひらのばして花の雨　真実

凸凹な未来の見えない春の雲　崇弘

ヒヤシンスまっすぐみつめたその先に　莉菜

中学生ともなると「句会ライブ」の体験をしっかりと自分のものにした嬉しい手応えの感想が届く。

「句会ライブはとても楽しかったです。最初に季語のプリントがわたされて何をするのかなあと思っていたけれど、『みんな同じスタートラインです』と言われたときは安心しました。私がいいなあと思ったのは、『ヒヤシンスまっすぐみつめたその先に』という俳句です。倒置法のように終わっているのが、いいと思ったし、この俳句を書いた人は心がきれいな人だと思っていました。また、いろいろな人の話を聞いていると、自分には思いつかなかったことばっかりでした。また来年も来て欲しいです。三谷友里」

「今年の句会ライブもとても楽しかったです。前回と違って、連想ゲームがあったり、とてもおもしろかったです。夏井先生は、トークも上手だから、本当におもしろくて笑えました。五分間で俳句を作るのは、すごい大変でした。題がなかったらいろいろと考えられるけど、『まっすぐ』と『凸凹』から思いつくものは全然わからなくて、とても苦戦しました。俳句の作り方『十二音を考えて、それに合う季語を付ける』

これは去年も教えてもらったので、もう絶対に忘れないと思います。高校の授業で俳句作りの時間があれば、これまでのライブを思い出したいです。　佐藤まなみ」

「俳句は、短いのに、自分の気持ちや風景などを表現できるのがすごいと思った。自分の思った事を句にしても、見る人の価値観とかで、違う見方になるし、表現の仕方でいろんな事をいろんな視点から見られるのも発見だと思う。日本語ってけっこうすごいと思う。　永井稜子」

「日本語ってけっこうすごいと思う」

なんて嬉しい言葉だろう。私は、自分の国を愛する心の源は、自分の話す母国語を愛するところから始まると考えている。「日本語」の美しさや豊かさは、俳句の世界の「季語」に象徴されるもの。「日本語ってけっこうすごい」と感動してくれる子供たちが増えていき、自分の心を自分の言葉で的確に表現できる子供たちがやがて大人になり、そのまた子供たちに「日本語」を愛する心を伝えていく。こんな目標も、俳句の種蒔き活動を続けていく大きな原動力だ。

季語クイズ

「クイズです。次の季語の中から夏の季語を当てて下さい」

季語当てクイズを始めたのは、私のかわりに今日の「句会ライブ」を仕切る中学生。生徒会副会長のミキコさんだ。バレーボール部のムードメーカーでもある彼女の歯切れのいい声が、多目的ホールの高い天井に気持ちよく響く。

①春隣
②夏近し
③夜の秋
④竹の秋
⑤小春

「夏は、春の隣りにあるから、ずばり①だよ」
「②じゃないか？　夏って書いてあるとこが、逆にアヤシイ」

ミキコさんは、それぞれの言い分や反論を引き出しつつ、余裕たっぷりの司会者ぶりを発揮する。

「そろそろ意見も出そろったみたいなので、正解を発表します!」

全校生徒の視線が、ミキコさんに集中する。静まりかえった間合いを計って、彼女の声が一段と大きくなる。

「正解は、夜の秋! ③番です!」

「えー!?」

体育館にどよめきが走り、歓声と拍手があがる。(ちなみにクイズの正解は、①冬、②春、④春、⑤冬だ。)

「句会ライブ」の後、校長室でお茶をいただいていたら、ミキコさんをはじめとする実行委員のメンバーたちが、今日の感想を聞きたいと押し掛けてきた。

「俳句のいろんな技も覚えたいし、もっといろんな句会ライブもやりたいんです」

今日の成果を意気揚々と語る彼ら。勿論、私も称賛を惜しまない。

一同が元気な挨拶をすませ、校長室から出ていった後、二年生のアキフミ君が一人でそっと引き返してきた。

「いつきさん、俳句クイズ作るのに皆でいろいろ調べてた時にこんな句みつけたんだけど……。もし作者のことを知ってたら教えてくれませんか……」

彼が遠慮がちに差し出した俳句を覗き込んだ校長先生が、いきなりガハガハ笑い出した。

おそるべき君等の乳房夏来る　西東三鬼

「サイトウサンキ？　っていうんですか、これ作った人」

「ね、君はどうしてこの句に興味持ったの？」

「中一の時にオレも同じこと感じて。制服が夏服になったとたん、何かドッカーンって感じ。たぶんこの人も三年女子とかの集団が廊下の向こうから来るの見て圧倒されて、思わず道を譲るっていうか、そんな感じでこの句作ったんじゃないかなあ」

オレと同じことを感じて……とは、その俳句が、時間と空間を超え、読み手と作り手を繋いでくれた証拠。いわば十七音のタイムトラベルだ。時空を超える快感を覚えたアキフミ君は、次にどんな作品と出会い、どんな俳句的時空間移動を楽しんでくれるか、興味津々だ。

日曜参観日

その日の「句会ライブ」は、日曜参観日だった。体育館には、小さな弟や妹たちを連れたお父さんやお母さん方も、たくさん参加して下さっていた。

自分の気持ちにぴったりの季語を選んで「取り合わせ」の句を作ってみようと提案したその日の「句会ライブ」で、最も活発な発言を引き出したのがこの作品だった。

母さんが来てくれた日のさくらんぼ　健

「参観日にお母さんが来てくれて嬉しかった句だと思います。さくらんぼは、よく頑張ったねっていうご褒美の気持ちじゃないかと思います」

と語る六年生もいれば、

「僕も同じです。お母さんに、今日はちゃんと手を挙げなさいって言われたけど、僕が手を挙げてる時にはお母さん教室にいないんで、僕の気分としては『母さんが居てくれた時さくらんぼ』って感じに変えたいです」

と自分バージョンに添削してしまう五年生もおり、はたまた、

「ピアノの発表会のことを思い出しました。お母さんは仕事で来られないと思ってたので、来てくれてるのが分かった時、すごく嬉しかったです。真っ赤なさくらんぼは、そんな嬉しい気持ちに似合ってると思います」

とにこにこ語る三年生もいた。

この日、第二位になったこの句の作者は四年生。大きな拍手の中、いかにも恥ずかしそうにステージに上ってきた。表面張力でぷるぷるしてる涙をこぼさないよう懸命にこらえている姿が、抱きしめたいほど可愛く思えた。

「句会ライブ」が終わった後、私は来年度に向けて校長先生と熱心な打ち合わせをしていた。そんな私の前に、

「いつきさん、お話ししたいことがあります」

と二人の女性の先生が現れた。

「実は、今日の『さくらんぼ』の句の男の子なんですが、句会ライブが終わった後、係の仕事で保健室にやって来たんです」

　保健係の健君が保健室に現れた時、養護のフミコ先生は彼のことを思いっきり褒めて下さったという。

「だって、普段の学校生活ではあんまり活躍できる場がある子ではないので、私、ここで褒めないといつ褒めてやれるか分からないと思って、そりゃあ褒めたんです。良かったねえ、イイ句やったねえ、組長もあんなに褒めてくれたねえって。そしたら……」

「そしたら?」

「あの子、いつものように顔中でニカッと笑ったかと思ったら、次の瞬間号泣し始めて……」

ここまで話したフミコ先生の目から、ポロポロと涙がこぼれた。

　話を引き繋いだのは、健君の担任のジュンコ先生だった。

「実は、健君のご両親、半年ほど前に離婚なさったんです。あの子、ほんとに甘えん坊なお母さんっ子だったのに、お母さんは妹さんだけ連れて実家に帰ることになって、あの子はお父さんの家に残されることになったんです」

あの句の真実を初めて知った私は、息をのんだ。

「お父さんとお祖母ちゃんと三人の生活になってから、担任としてあの子のことが気になったもんですから、家庭訪問したり教育相談したり心は遣ったつもりだったんですが、案外本人はアッケラカンとしてて、友達に『うちの父さんと母さん離婚したんよ』なんて話してるし、イマドキの子はあんまり気にしないのかもしれないなあ、なんて……安心したというか拍子抜けしたというか……。そんな気持ちでいたんです」

「だから、あの句の作者が健君だと分かった時、教員は皆ハッとしたんです！」

と、ハンカチを握りしめた養護のフミコ先生が、強い調子で続けた。

「あの子のお母さん、月に一度だけ小さな妹さんの手を引いて、健君に会いに来るんです。今日も授業参観の間は、お父さんの代わりに来てらっしゃったんです」

大きなため息をつきながら、再びジュンコ先生が口を開いた。

「あんなに心を遣ったつもりだったのに、私たちには健君の心の底なんて全く見えていませんでした。保健室で、フミコ先生にあの俳句を褒められたとたん、あの子が必死で閉じこめてきた感情が噴きだしたんだと思います。あの後、フミコ先生と二人で代わる代わる抱きしめてやって……。それでもあの子、しゃくり上げて泣くばっかりで……」

とジュンコ先生もまたハンカチを取り出した。

側で聞いていてらっしゃった校長先生が静かにこうおっしゃった。

「さっき、いつきさんと話し合っていた通りのことが、こうして現実に次々起こってくるのが句会ライブだと改めて痛感しました。たかが一句で、心を救われる子がこんなにたくさんいる。いつきさん、僕ら教員として、しっかりやりますからね、見てて下さいね」

私は三人の先生方と固い固い握手を重ねて別れた。自分の心を閉じることで人生の困難な場面を乗り切ろうとする子はたくさんいる。だけど、その心が小さな体には重すぎる場合だってある。たかが俳句にすることで、重い感情をほんのちょっと吐き出すだけで、人の心というのはどんなにどんなに軽くなることか。

健君にとって「さくらんぼ」は、ご褒美や喜びの赤ではなく、切なさと寂しさを象徴するあの酸っぱさだったのだと思いあたった時、まだ青みを残す「さくらんぼ」の味がツーンと胸に広がっていくような思いがした。

句会ライブ前に

一年ぶりに訪れた中学校の、勝手知ったる体育館裏の駐車場に愛車を止め、大きな教材バッグを取り出していたら、強い風に煽られたドアがいきなり閉まりそうになった。

「あ！」

っと声を上げたとたん、ドアを押さえてくれたのは、二年生のヤマグチ君だ。彼の後ろには、裏庭掃除班の男の子たち。手に手に竹箒を持ち、大声の挨拶と共に出迎えてくれた。

「組長、ちわーっす！」

「お、君らか。変わらず外の掃除が好きな連中ばっかりが、今年もたむろしてんだね」

「そーそー、職員室の掃除じゃあ、教頭の目が行き届きすぎるからな」

「教室は先生が張り切って掃除してるから、論外だしな」

なんて、相変わらずの口のききようである。

この校区の三つの小学校は「句会ライブ」の授業を取り入れ、さらに中学校でも昨年から実施し始めたものだから、今の二年生たちの中には「句会ライブ」歴七年というキャリアの持ち主もいるのだ。顔馴染みの生徒も多い。

「うっわーー！」

いきなり声が上がった。せっかく集めていた夏落葉が、強い風に吹き上げられちりぢりになっている。慌てて片づけに走り出した仲間たちを見送りながら、ヤマグチ君がこう言った。

「ね、組長。今日みたいな日の風を『青嵐』っていうんですよね」

「え？」

「今日の昼休みに、屋上で地区総体の応援練習があったんですけど、風がすごく強くて、でもすっごく気持ちよくて、ああ、こういうのが歳時記に載ってた『青嵐』っていうんだなあって思ったんだけど、違ってますか？」

第二教棟屋上に聴く青嵐　夏井いつき

「今日の句会ライブの出題、どんな季語か予想してたんだけど、当たってないかな？もし青嵐だったら、僕ちょっといいセン行きそうなんだけど」

ヤマグチ君はクスッと笑いながら、足元に置いてあった塵取りを下げ仲間たちの後を、悠々と追いかけて行った。裏山を渡る青嵐の光が、なんとも美しく感じられる日だった。

句会ライブ後に１

校門の近くにおいてあった我が愛車に道具を積み込もうとしたら、車の後ろから、男の子が二人出てきた。今日の「句会ライブ」でも大活躍してくれた双子のカズシ君とアツシ君だ。

「僕らが二年生の時に、いつきさん来て句会ライブしたやろ。あん時、うちのお母ちゃん、俳句なんか難しいって、参観日だけ見て帰ったんや」

「けどな、ボクら面白かったから、今年はお母ちゃん見にきた方がエエでって言うたんや」

「でな、今日のいつきさんがひょっとして面白なかったらどーしょーって、二人で心配したけどな、今年も良かったわー」

「ものすご面白かったって、お母ちゃんも言いよった。はい、ご苦労さん」

二人はそう言って、私に労い（?）の握手を求め、ぷーぷー草笛を鳴らしながら帰っていった。私は、しばらくの間胸の奥で笑いをこらえていた。「はい、ご苦労さん」を伝えるために、ここで草笛を吹いて待っててくれたのかと思うと愉快で愉快でたまらなかった。

聞き分けている草笛の上手下手　　夏井いつき

句会ライブ後に2

体育館には、まだ「句会ライブ」の興奮が残っていた。茶髪・ピアス・剃り込み・野次と強者揃いの中学校ながら、問題児軍団の一人が超ロマンチックな恋の句で第二位になるという予期せぬ展開で、笑いと拍手のフィナーレとなった。

担当の先生たちと後片づけをしていた体育館に、例の軍団七、八人ほどが、ゾロゾロ入ってきた。学級では終学活が始まっている時間。彼らは教室に戻らないまま、体育館近くにたむろしていたらしい。先生たちの間に緊迫した空気が走る。

彼らを追って体育館の入口に現れた先生の声が飛ぶ。

「教室に帰れッ！　終学活始まっとるだろッ！」

彼らは声に振り向きもせず、ダラリダラリとした足取りでこちらに近づいてくる。見ると先ほどの超ロマンチック句の作者も巨体を揺すりながら付いてきている。

彼らに向かって「おお」と手を挙げると、ツンツンに髪を立てた男の子が最初に口を開いた。

「組長、何してるんや」

「何って、ほりゃ、見ての通りの後片づけ。君ら片づけを手伝いに来てくれたんか」

「何で、俺らが片づけせんとあかんのや」

と軍団はニヤニヤ笑う。

中に混じっていた女の子二人。一人はおでこの広い茶髪の子。これまたニヤニヤしながらも、早口で話し掛けてきた。

「組長、さっき全員の句、全部読んだって言うたけど、あんなん嘘やワ。あんな早うに全部の句読めるわけがないし、うちの句なんてゼッタイ読んでないと思うワ」

可愛いおでこにピンときた私は、ポケットの中から一枚の投句用紙を取り出した。


「母」なんて絶対呼ばない。鰯雲　デコリン

「ひょっとしてアンタ、デコリン？」

彼女の表情が変わった。仲間たちが、その投句用紙を覗き込み、ハッとした表情をした。ズボンを尻の辺りまで下ろして履いている鼻ピアスの男の子が、彼女の方をちらりと見ながら言った。

「ヒデコんとこの父ちゃんな、わっかーい母ちゃん連れてきよって、母ちゃん二十一やで。父ちゃん、よーやるわ」

「いやぁ……。ルミちゃんはルミちゃんでエエ子やから……。何も……」

と口ごもりつつ、デコリンが私の方に向き直った。

「組長、何でこれポケットに入れとったん？」

「これね、エエ句やけど、何か事情ありそうやし、個人的にそのことを先生から伝えてもらおうと思って、一枚だけとっといた。偶然とはいえ、直接作者に言えてヨカッタよ。あ、けどな、俳句にカッコや丸つけるあたりは、いかにもド素人の証拠やな」

彼らは、相変わらず組長は口が悪いと騒ぎ出し、当のデコリンもゲラゲラ笑い出した。組長と握手しにきたと言う例の巨体の超ロマンチック君と、ハグの真似をして抱き合ったら、彼らは涙をこぼして笑い転げた。私たちを取り囲んでいた先生たちも、いつしかその輪の中に入って笑っていた。

北浦小学校

「思い出になる句会ライブを体験させてやりたい」という願いを知って、「よし！　そういうことならば！」と、この日用意したのが吟行プログラム。閉校になってしまう校舎を改めて再発見しようという「句会ライブ」だ。

この日、北浦小学校をつつんでいたのは、秋らしい爽やかな日射し。体育館に集まったのは子供たちと先生に加えて地域の皆さんだ。

「今日は『秋うらら』という季語を使って校内吟行をしてみましょう！」

と呼びかける。

「句会ライブ第二部の決勝に残ることができるのは、たった十句。そこに残るためには、他の人がうっかり見過ごしているモノを発見しなくてはダメ。例えば『秋うらら体育館に人いっぱい』こんな句作っても誰も驚かない。皆知ってるもん、ね」

というと、最前列の一年生が

「そんなことぐらいオレだって知っとる」

と頷く。

「だよね、だからこれから学校の中を探検して見つけた『俳句のタネ』は、ゼッタイにお友達にも先生にも秘密にしてね。大切な発見だから、自分のメモにだけそっと書いて体育館に戻ってくるんだよ」

「いつきさん、学校中どこに行ってもいいの？」

「校長先生からお許しをいただいたから、今まで入ったことのないお部屋に入ってもいい。ただし、上靴で行ける範囲ってルールは決めとこう。吟行できるのはたった十五分だから、グランドの向こうまで探検してたら時間はあっという間になくなってしまう」

「いつきさん、窓の外に見えたものでも俳句にしていいの？」

「うん、もちろん。窓の外にも『俳句のタネ』はたくさんあると思うよ」

秋うららいばっているぞしゅろの木が　馬越洋介
秋うららなかよしひろばの日どけいなんじ　赤瀬勝久
十ぴきの鯉はゆうがに秋うらら　赤瀬皓哉

「体育館に戻ってくる時も、まだ『俳句のタネ』なーんにも発見できてなくて焦ったんだけど、渡り廊下のとこから見える池にコイがいるのを見つけて、やった！　って思って作った」

と語る四年生の皓哉君。

あきうららたたみがあるよ生活室　赤せたかふみ
秋うららベートーベンがにらんでる　馬越佳菜
秋うらら理科室じゃぐちが二つある　馬越隼斗
ゆびにんぎょう校長室に秋うらら　野間ももか

校長室は人気の場所。吟行時間の十五分間、たくさんの子供たちが校長室に足を止めた。

「何で校長室に指人形があるのかなあと思ったら、俳句ができてました」

と語るのは、三年生のももかちゃん。

秋深し学校七個の太鼓あり　　赤瀬大知

「秋うらら」ではない季語に挑戦したのは、六年生の大知君。「七個の太鼓」の迫力ある音を想像すると、やはり「秋深し」という季語は似合っている。

あきうららあおいろなないろおはじきだ　　あかせけんさく

一年生の教室の隣にあったのが、資料室。そこから顔を出した男の子が、そっと私を呼び、中に入れてくれた。

「あのね、これ見つけた！」

「あ、おはじき」

「うん、これボクが見つけたから、いつきさん誰にも言わんとって。シイーッ！」

と言いながら、押し出された私の後ろで、そうっと戸が閉まった。きっと資料室の中で、一年生のけんさく君、一生懸命指を折っていたに違いない。

秋うららポストが人の顔に見え　武内哲志

こちらは、特別ゲストで参加して下さった伯方高校の校長先生の一句。子供たちと一緒に、校内吟行を楽しんで下さったようだ。

「こんなふうに俳句を作れる小学生は、是非、校長先生の高校に来て下さい。そして、君らの中から俳句甲子園に出てくれる人がいたら、先生は嬉しいです！」


あきうららひみつのはんこのかくしばしょ　藤岡航希

この日の第一位となったこの一句、

「かくしばしょを知ってる！　分かった！」

と大騒ぎになった。

「ねえ、航希君、『ひみつのはんこのかくしばしょ』ってどこ？」

「言えないよ、秘密だから」

「あ、そりゃそうだ。じゃ、せめて『ひみつのはんこ』が何のハンコなのかぐらいは教えてくれる?」

「うーん、もう分かっとる人は分かっとると思うけど」

「あ! ワカッタ!」

と誰かが叫んだ。航希君は、その子の方を向いて、

「ネッ!」

と頷く。別の子がまた、

「アッ! あれかあ!」

と叫ぶ。その子の方を向いて航希君また、

「ウン!」

と頷く。


「うーむ、どうもこれは秘密の仲間がいて、その仲間だけが知ってるってニオイがしてきたなあ」

「ははは! 秘密の仲間じゃなくて、図書係だよ」

子供たちが一斉に

「貸し出しのハンコ！」

と叫ぶ。航希君にっこりと頷く。

「ね、この句どうして平仮名ばっかりで書いたの」

「その方が、何年生の句か分からなくて秘密っぽいから」

と答える最上級生の航希君。彼は、来年度の図書係に「ひみつのはんこのかくしばしょ」を引き継ぐこともなく、この学校は閉校となる。この日の「句会ライブ」で見つけたさまざまなモノが、学校を思い出す時の小さな手がかりとして、皆の心に残ってくれたらいいなあと思う。

掘り起こす記憶

この日の「句会ライブ」、第二位の作者は、一年生の中でも一際小さな男の子だった。インタビューのマイクを向けると、一回一回マイクに手をかけながらポツポツと答えてくれる。この日の席題「秋の山」は、いざ作ってみると案外難しい季語なのだが、ほのぼのとした作品に仕上がっている。

にいちゃんがたすけてくれるあきの山　真

「いい兄ちゃんだねえ」

「うん」

「優しい兄ちゃんなんだ」

「うん、時々こわいけど」

「兄ちゃん何年生？」

ちょっと首をヒネって答えた。

「中学生……、何年生か忘れた」

「あ、歳が離れた兄ちゃんなんだ」

「うん」

「この俳句いつの出来事なの？」

「公民館で行った親子遠足の時」

「お兄ちゃんがリュックか何か持ってくれたの？」

「ううん」

「おやつくれた？」

「ううん」

「水筒の水くれたとか？」

「ううん、何もくれん」（会場笑）

「兄ちゃんは何を助けてくれたの？」

「なーんも助けてくれん」（会場爆笑）

「そっか、じゃあ何でこんな句ができたのかなあ？」

「兄ちゃんが、ただ言うただけ」

「ただ言うたの？」

「うん、これから兄ちゃんが、助けてやるからなって」

「ふーん、そうか。そのうち兄ちゃん、何かスゲーものくれるかもよ」

「あ、そんなら兄ちゃんのゲームが欲しい」（会場笑）

彼とのやりとりはこんな具合だった。歳の離れた兄ちゃんとの遠足の場面を軽く切りとった句だと思った。それ以上の物語がこの句の背後にあるなんて想像もしなかった。

いつものように、笑いと拍手の「句会ライブ」が終わり、私は控え室となっていた校長室に戻った。校務員さんが運んで下さったお茶をやれやれといただいていると、数人の先生方が入って来られた。皆一様に俯いている。泣いている先生もいる。私は俄に緊張した。何かとんでもないミスを、さっきの「句会ライブ」でしでかしたんじゃないかと。

口を開いたのは校長先生だった。

「実は、さっきの真君のお母さんは、この人なんです」

押し出されるように私の前の椅子に座った先生は、りんりんと張った臨月のお腹を抱えていた。私の脳は、先ほどの「句会ライブ」での真君との会話を思い出せる限り巻き戻し、一体どこでどんな失言をしたのかと自問自答を繰り返していた。その先生がやっと口を開いた。

「あの、こんな個人的なお話をするのもどうかとは思いましたが……」

ところどころ涙で途切れがちになる話を全部聞き終わった時、私は深いため息をついた。ああ、ここにもこんな物語があったのだと言葉を失った。

真君とお兄ちゃんは、父親の違う兄弟だった。お兄ちゃんがまだお母さんのお腹にいる時、お父さんは癌で亡くなったのだという。お母さんは、小さなお兄ちゃんを連れて数年後に再婚。そして真君が生まれた。真君が生まれるまでは、新しいお父さんにそれはそれは懐いていたお兄ちゃんだったが、真君の誕生を機に、お父さんやお母さんに対しだんだん心を閉ざすようになったらしい。

「反抗期という言葉で片づけるには片づけられないようなこともありましたし、たまりかねた夫が手を上げる場面もありました」

親への反抗は続いたらしいが、弟の真君をいじめるようなこともなく、むしろ可愛がっていたらしい。

そんな家族に次の不幸が襲いかかった。半年前、真君のお父さんは、車線をはみ出してきたトラックと正面衝突。即死だったという。待望の女の子が生まれることを楽しみにしていた矢先の事故は、お母さんを打ちのめした。反抗を続ける長男、父の死を完全に理解できてはいない小さな次男、そしてお腹の中の三人目の子供。この子たちを抱え一体これからどう生きていけば良いのか、悩みと悲しみに暮れる日々が続いていたらしい。

「あの句が、真の句だと分かった時、いつどこでお兄ちゃんがそんなことを言ったのか見当もつきませんでした。でも、あの子がインタビューで答えるのを聞いていて、ああ、あの時、皆からちょっと離れた岩場のとこであの子たちお弁当食べてたなあって思い出して……。あの時、お兄ちゃんが、こんなこと話してたんだと思うと、もう涙が止まらなくなって……」

自分と同じように、お腹の中にいたまま父親の顔を知らない赤ちゃんが生まれてくる。その思いは、お兄ちゃんの心をどんなふうに動かしたのだろうか。

あの日の「句会ライブ」の「秋の山」という席題が、ある日のお兄ちゃんの言葉を真君の記憶の中から掘り起こしたのだとしたら、そして、その記憶が「にいちゃんがたすけてくれるあきの山」という一句として真君の心に再び強く刻みつけられたとしたら、この家族が手を取り合って歩き出せる日はそう遠くはないだろうと思った。

東海&城辺小学校

愛媛県南宇和郡愛南町は、高知県との県境にほど近い町。今日は、この町内の二つの小学校で午前と午後の二回の「句会ライブ」を行うことになっている。車はひたすら南下を続ける。

まず到着したのが東海小学校。潮の満ち引きで水位が大いに変化するという河口に建つ小さな小さな学校だ。

グリンピースしゅうまいにいれた冬うらら　田村航平

「作者どこにいらっしゃいますか?」

という私の呼びかけと同時に、跳ねるように立ち上がった三年生の航平君に

「おおー!」

と賞賛の声があがる。

「航平君はグリンピースが好きなの?　嫌いなの?」

「大好き。一個だけじゃなくて、給食のおばさんがいっぱいのせてくれたらいいな。シュウマイの上全部グリンピースがいい！」

らいねんはともだちおおい冬うらら　　前田海都

「冬」以外は平仮名ばかりの表記にして、一句に優しい表情を添えた六年生の海都君の投句用紙には、「隆盛」という俳号まで書かれている。軽やかに俳号を考えちゃうのも、彼のセンスだ。この日二位になったこの句を大いに推薦してくれたのは、参観に訪れていたあるお父さん。

「これはたぶん六年生の作品だと思います。来年は大きな中学校に通うので、友達も増える。大きな学校でも物怖じしないで頑張って欲しいので、僕はこの句を応援します」

お父さんのエールに、六年生から共感の拍手が起こる。

そんな東海小の六年生たちが通うことになる城辺中学校の、すぐ隣にあるのが城辺小学校だ。

へへへへならべてみたら冬うらら　浜田渚
かめをみるとかめをかいたくなる冬うらら　山下和真

愉快な句が続出して、体育館に集まった子供達も地域の皆さんも「どれを選べばいいのか困っちゃいます！」という楽しい悲鳴が続出。「へへへへ」と文字を並べてみることも、「かめをみるとかめをかいたくなる」気持ちに共感することも、全てが言葉を愛しむ行為に他ならない。

この日の城辺小学校の「句会ライブ」で最も盛り上がったのが「身長」の話。小学生たちにとって背が伸びるか伸びないかは、大人が思う以上に大問題のようだ。

身長がぜんぜんのびない冬夕焼　西本彩
ぎゅうにゅうが２００ミリリットル冬ゆうやけ　清水定祐

「ふーん、身長を伸ばしたくて毎日一生懸命牛乳を飲んでるのか」

「だって大人になってもこのままだったら、ちゃんとしたお父さんになれないもん」

「目標としては、どのくらい身長が欲しいの？」

「サイテーでも、百五十センチぐらいは欲しい」（会場爆笑）

給食の牛乳の「200ミリリットル」を毎日克服しようと頑張っている三年生の定祐君を、体育館いっぱいの温かい拍手が包み込んだ。

久谷中学校

この日の「句会ライブ」は、自分の中のプラスの感情を「冬うらら」、マイナスの感情を「冬夕焼」という季語に託して一句作ってみようというプログラム。小学生たちは、無邪気に現実的な悩みを言葉にしていくが、中学生たちは自分の心と向かい合う。ともすれば観念的といわれる作品になるが、それもこの時期必要な自問自答だ。

松山市立久谷中学校での「句会ライブ」では、自分の心と向かい合う真剣な五分間の後、こんな作品が生まれていた。

本心に優しさあふれる冬うらら　白石雄己
冬うららあなたがいたからここまでこれた　高橋優香
バカヤロー煙突だらけ冬夕焼　山崎央実
あのときの言われた言葉冬夕焼　兵頭小百合
お互いに残った悲しみ冬夕焼　三原裕生

「句会ライブ」を体験した子供たちからもらう感想のお便りは、私にとって大切なデータ。どんなところに彼らの心の針が振れたのか、丁寧に一枚ずつ読んでいく。「ぼくが思ったことは『言葉のおもしろさ』です。言葉は個人の想いをしっかりと包んで相手に届くからです。相手の感情が言葉にしみこんでいて、とてもいい言葉になっていました。これからも、言葉をもっと楽しく使って人との間を埋めていきたいと思います。　高岡奨」

「終わってすぐは、ただ楽しい時間を過ごせたことが印象深かったが、あらためて考えてみると、たった十七音の言葉で、今まで知らないうちに抱いていた固定観念が打ち消されていることに気づいた。『あの子がそんなこと、あの人がそんなふうに……』というように、今まで知らなかった一面を発見できたことが不思議と今、印象に残っている。　岡田未央」

「句会ライブ」は、「俳句の授業」ではなく「俳句を使ったコミュニケーションの授業」だ。この二人の中学生の「言葉をもっと楽しく使って人との間を埋めていきたい」「たった十七音の言葉で、今まで知らないうちに抱いていた固定観念が打ち消されていることに気づいた」という部分は、まさに「句会ライブ」が目指すもの。こんな感想に出会うと、私は大きな大きなご褒美のアメ玉を貰ったような気持ちになる。毎日スーツケースを引きずって、いろんな学校を歩き回るこの仕事、ますます止められないと思う。

道後小学校

松山市立道後小学校での「句会ライブ」。

この日のプログラムは、「でこぼこ」「まっすぐ」の二語から発想する中七（真ん中の七音）を考え、下五（下の五音）に季語を取り合わせようというもの。まず、第一部の練習では、「まっしろ」を使って類想（似たような発想）を避けなくてはいけないことを、しっかりと伝える。

「さあ、連想ゲームだよ。皆自分が持っている紙に『まっしろ』って言われて思い浮かぶ七音ぐらいのものを一つ書いてちょうだい。うん、ぴったり七音でなくてもいい。だいたい七音ぐらいでいいよ。じゃ、三十秒だけあげるから、頭に浮かんだものを、即書いてね」

たった三十秒のトライアル。皆それぞれ思いついたものを書き込んでいる。

「じゃあね、いつきさんがこれから言うものを書いちゃってる人、その場に立って下さい。まずはね、『雪』関係のこと書いた人。雪だるまとか、雪うさぎとか、雪合戦とか、そういうの全部ね」

子供たちも先生も地域の方も、皆ぞろぞろと立ち上がる。

「さあ、見てごらん。『まっしろ』って言われて、これだけの人が『雪』に関するモノを想像してるよね。さっきも話したけど、二部の決勝に残れるのは十句だけ。人と同じことを考えたのでは、決勝になんて残れるはずがないんだよ」

冬ならば「雪」を発想する人が多いが、夏だと「アイスクリーム」系が圧倒的に多くなる。さらに一年中多いのは「雲」関係。入道雲や飛行機雲など、皆そこに飛びつく。

「さあ、もうかなり減ってきた感じがするけど、自分が書いた『まっしろ』なモノ、これはゼッタイ他の人が書いてないって自信ある人いたら、手を挙げて」

待ってました！　とばかりに、次々手が挙がる。思いもかけない「まっしろ」なモノが飛び出す度に、会場からは
「ほおー！」

という声と拍手が起こる。

そうか、人と同じことを考えててはダメなんだ。自分が見つけたモノ、自分だけの発想が面白いんだと分かった子供たちは、いよいよ今日の兼題「でこぼこ」と「まっ

すぐ」の二語に挑戦する。自分だけの表現はないかと考え込む表情は、まさに真剣。

でこぼこなあおいちきゅうのクリスマス　中浦健太郎

この日、私が感動したのは三年生のこの一句。「でこぼこ」という一語が宇宙的な視点へ広がっていることも勿論だが、取り合わせた「クリスマス」という季語のなんと美しいこと。でこぼこな人種がでこぼこな考えを持ってでこぼこに暮らしているでこぼこな「ちきゅう」。そんな「あおいちきゅう」の平和を祈って止まない心を感じさせる作品に、会場の惜しみない拍手はなかなか止まなかった。

学校の聖樹をかこむ歌である　夏井いつき

父二峰&二名小学校

峠を登り始めた路肩には雪が残っている。我が愛車をおっかなびっくりゆっくりゆっくり進ませつつ、今日の会場である父二峰小学校を目指す。峠を越えると、大粒の雪がしんしん降り出してきた。

「句会ライブ」開始時刻五分前にやっと到着。今日は、来年度から統合が決まっている父二峰小と二名小との合同の「句会ライブ」。二校の子供たちの交流会は頻繁に行われているらしく、二校であるというよそよそしさは全くない。

ゆきうさぎがいっぱいいるし先生もいっぱい　にしのがく

全身で跳ねるように立ち上がった、がく君は笑顔のかたまりのような二年生の男の子。雪うさぎをたくさん並べたその向こうに、大好きな先生たちの笑顔が見えてくる作品だ。

「あの句好きだったんですけど、五七五になってないと思うと、判断が分からなくなって……」

とは、ある先生の弁。そのお気持ちよく分かる。そんな悩みに私はいつもこう答える。

「俳句作品の最終的な評価は選ぶ人によっても大きく分かれます。真の意味での評価は、百年や三百年経って子規や芭蕉の句が生き残っているように、時間が経ってみないと分からないのです。句会ライブで大切なのは、何百年生き残る作品かどうかという判断ではなく、今日のこの句のここが好きだったよ！　と作者に自分の気持ちを伝えること。あなたの句大好きだったよ！　って褒めてもらえるのは、大人だって子供だって嬉しい。句会ライブは、俳句を巧く作るためのお勉強の場ではなく、そんな気持ちを伝え合う場なんですよ」

雪つもる木はさびしいよ雪の夜　土居怜司

ゆきのよる家を出ていく兄さんよ　宮田里穂

どちらも四年生の句。雪と共に冬を過ごす子供たちの心には、さまざまな雪の日の記憶がある。表現方法を一度覚えれば彼らは新鮮な言葉で自分を語り始める。そんな句に心を開いていると、降り出した雪の音にも心動かされる。

先日、一緒に「句会ライブ」を楽しんだ三重県のシンスケ先生からこんなメールが届いた。

「俳句ってのは、イマイチ敷居が高いような自分で勝手に高くしているような、そんな感じがありました。それでいて手を出したいような高級カステラのごとき存在。でも、今日の句会ライブで美味しさが知れてしまって、ちょくちょく食べてみたくなりました。文字を綴って自分の想いを表現することの心地よさ。初めて翼をもったような、スーッと飛べたような、そんな気持ち！」

こんな快感を子供と大人が一緒になって体験できる、誰かの俳句の翼に乗って自分も一緒に舞い上がることができる共感体験が、「句会ライブ」の一番の魅力なのだ。

翼あれば雪の青空へと翔《た》たん　　夏井いつき

盲学校

ある盲学校での「句会ライブ」。

あの小さな音楽室での「句会ライブ」を思い出すたびに、私は強烈な懐かしさで胸が一杯になる。五分で一句を作り、その日のグランプリを決める「句会ライブ」は、今まで数知れずやってきたが、入賞者の俳句を即興で唄ってくれる相方ハルさんの、あの日の熱いブレイクぶりは、まさに参加者全員の熱気が乗り移ったとしか思えないものだった。皆が体中でリズムを楽しみ、笑いの輪が笑いの輪に重なっていく会場の片隅、終始静かに涙を流しておられた校長先生の横顔もまた私の心に深く刻まれている。

参加者の皆さんが俳句を語る中で何度も出てきたのが、「～が見えてくる」という言葉。

「冬の雲という季語の向こうに雪どけを待つ空が見えてきました」

「読んだとたん、忘れられない人の横顔が見えてきたんです」

私は常々「俳句は『言葉の写真』なんだよ」と子供たちに語ってきたが、たかが十七音の詩の持つ映像喚起力を、改めて思い知らされた日でもあった。

「句会ライブ」が終わったばかりの興奮冷めやらぬ音楽室で、校長先生はまだ静かに涙を拭っておられた。

「こんなふうに皆で感動を共有できるとは想像もしていませんでした」

とつぶやいた先生は、さらに言葉を継いだ。

「あの句、ほら一人だけ全然違う季語で俳句書いてた人がいたでしょ」

「はいはい、来シーズンはゼッタイに阪神タイガース優勝して欲しいって、今日の席題『春の雲』や『冬の雲』を無視して、『桜咲く』で作っていた先生、いましたいました！」

「阪神が優勝した瞬間を想像するだけで、頭の中に桜が咲き乱れるんです！ っておっしゃって！」

私とハルさんは、その場面を思い出し声を上げて笑った。すると校長先生は、私たちへ静かな視線を上げてこうおっしゃった。

「あの先生は、生まれながら視覚に障害をお持ちだったんです。ですから、彼は一度も『桜』を見たことはないのです。彼の脳裏には、一体どんな桜が見えているんでしょう……」

とここまで語って、校長先生はまた涙を拭った。

ハッと胸を突かれた。「阪神ゼッタイ優勝！」と大らかな笑顔で語った彼の脳裏に咲き満ちた「桜」が、果たしてどんな形状と色を持った「桜」であるのか。それが私の想像をはるかに超える「桜」であったとしても、私たちは「桜」という季語を媒体として、心を通わせることができる。一緒に「桜」を「見る」ことができるのだ。

あの日の盲学校の音楽室での、もう一つの出会い。

「僕はね、あれこれ習ったり勉強したりするのが好きで（笑）、最近になって漢点字というものを知って勉強し始めたんです」

と語り始めたのは、ソフトな文学者風の先生。若々しい語り口は、ついつい耳をかたむけたくなる魅力に溢れていた。

「勉強を始めてね、漢字ってすごいなあ！　って感動したんです。『スウガク』が数を学ぶ学問で『数学』だから、当然、僕は『オンガク』っていうのは、『音学』だとばっかり思い込んでたんです。それが、あなた、『音楽』ですよ！　音を楽しむのが音楽だ！　ってことを、僕は漢点字に出会うまで想像だにしなかったんです。あれ以来、音楽って、なんて素晴らしい言葉だろうって。ほら、そのトライアングルを鳴らす音、これがまさに音楽だったんですよ！」

点訳の春待つ白き突起かな　　夏井いつき

待春の音ですトライアングルです　　夏井いつき

私は今でも小さな盲学校の小さな音楽室に溢れていた熱気を心地よく思い出す。あの日の出来事もまた、私の「句会ライブ」の原風景の一つだ。

春を待つ音楽室の窓硝子　　夏井いつき

オセロ盤

体育館は静まりかえっていた。咳払いさえ憚られる緊張した静寂の中、体育主任っぽい男の先生が、入口に立った私を一瞥し、

「講師の先生がお見えになったぁ！　姿勢ッ！」

と号令をかけると、これ以上伸ばしようがないぐらいに全校生徒の背筋が伸びた。

校長の挨拶は、この会場の空気をさらに堅くさせるものだった。

「講師の先生でいらっしゃるナツキ先生はぁ！」

ふふ！　ナツキじゃねーよ、夏井だし……、なんて突っ込みを入れられる雰囲気は微塵もなく、校長の話はどんどん小難しくなっていく。

「日本の伝統文化の担い手である君らにとってぇ、今日の御授業は血となり肉となるはずである」

ふふ！　血にも肉にもならんけど、笑いにはなるかも……、なんて冗談口を挟む和やかさが醸し出される希望は見い出せないまま、話は突然終わった。

そして司会者でもあるらしい、先ほどの体育主任（であり生徒指導主事でもあるらしい）

ミスター角刈りの、

「発言する時は日頃の学習訓練を忘れず、しっかりと指先まで伸ばして挙手をするように！」

とのイヤに具体的な指示を以て、マイクは私にバトンタッチされた。歩くスリッパの音がズリズリと響きわたるような体育館、軍隊の拝謁式に招かれたような違和感、

「礼ッ！」

と響きわたるミスター角刈りの大声。嗚呼、来るんぢゃなかったこんな学校……。

……なぁーんて、この私が思うと思ったら大間違い！　このワタクシ、泣く子も笑う「いつき組」組長！　舐めてもらっては困りまっせ！　ファイティングな熱い血が体中を駆け巡ること三秒！　私は即その場で、今日のプログラムを変更した。

「さあ、皆さん、今日のテーマは『恋』です！　万葉集の時代から、日本人は自分の恋心を詩に表現してきました。日本の伝統文化の担い手である貴方たちが、恋の詩の一つや二つ作れなくては、日本の少子化はますます深刻の度合いを増し、果てはニッポン沈没という事態になりかねません。俳句は世界で最も短い詩です。誇りある日本人として、さあ、自分の経験した『恋』の場面を俳句にしてみましょう」

横目で観察した教員席の反応は二分されたと見た。

「ほおほお、やるなあ、この講師」

という好意的な空気と、

「何を抜かすか、この講師」

という苦虫を噛み潰したような空気。

生徒席には、さざなみのようなリラックス感がほのかに漂ってきた。ミスター角刈りの指示通り、指先まで伸ばした模範的挙手の男子生徒一名。

「あのぉ、ボクみたいに恋なんてしたことのない人は、どうしたらいいんでしょう」

「大変いい質問です。恋をしたことのない人は、『未だ見ぬ恋』というテーマになります。和歌の時代の人たちも、このテーマでたくさんの良い作品を詠んでいます。恋の喜び・予感・憧れを表現したい人は『春隣』という季語、悲しい恋・失恋を表現したい人は『凍返る』という季語を使ってみましょう」

続いて、挙手した女子生徒が恥ずかしそうに立ち上がった。

「あのー、ひょっとしてその恋の句で、好きな子に告白するとか、そういうのもアリでしょうか」

「勿論、アリです。和歌の時代の人たちはそんな気持ちを詩にしなければ、デートも告白もできなかったんです。この体育館の全校生徒の前で告白する勇気があれば、勿論やっていいです」

この生徒は、教員席をチラリと見て、

「あ……、勇気はないです……」

と座った。

その日の「句会ライブ」の様子を、誰かがカメラでも回してくれていたら、オセロ盤上のクロが次々シロに変わっていくようなスリリングな展開を、後日共に楽しめたに違いない。どぎまぎしながら恋の句を作り上げた後、決勝十句の中からグランプリを決める第二部。ずらずらと並んだ「恋の句」を、一体どんな言葉で語ればいいのか彼らは困惑し、再び空気が凍りかけた。

おずおずと口を開いたのは三年生。目の表情に愛嬌のある男の子だ。

約束の校門で待つ春隣

「あー、これ個人的に思い出があるんですが、思い切って告白した女の子が、放課後に校門のとこで待っててって言うんで、ああ、ついにオレも女の子と一緒に帰れる日が来たんやぁ、って、待ってたんっス」

「ああ、ええ思い出やねぇ、校門の待ち合わせ。女の子の鞄を自転車に積んでやって、一緒に歩き出したりするんや」

「あ、いや……そういうのに、憧れてたんっスけど、その子が校門とこ来て、こんな汚い字の手紙は読めん、って」

「ははは！」

「組長、ここ笑うとこやないっショ。泣くとこやし」

「ははは！　すまん、そうやな、ここは一緒に泣いてやらんといかんとこや」

「そうでしょー！　この句の作者はシアワセそうやけど、オレとしては！　この季語を『凍返る』にしたいなあって」

　彼のこの失恋話に、会場は一気にほぐれた。決勝に並んだ十句をめぐって、さまざまな恋の話や、失恋の話が生き生きと語られた。

凍返る恋はボクだけ避けていく

　この句に手を挙げたのは、ほんの数人。その中の一人、教頭センセイが自分の経験を語りだした。

「僕の青春、中学も高校も大学も、まさにこんな感じでした。僕は、そんなワルイ人間やないですし（会場から共感の笑い声）、女の人騙すなんてゼッタイできない人間ですし、それなのに女の子たちは、カッコイイだけの子とかちょっとワルっぽい子とかと恋愛して、僕のとこに来るのは自分たちがフラれた時だけなんですよ」

「ははー、教頭先生は失恋の慰め役やったんや。損な役回りやな」

「ハイ、大学卒業する頃になって、やっぱり失恋した女の子の相談に乗ってまして、ハイ、その子だけは僕のこと理解してくれたっていうか、ハイ、実は……それが今の妻です！」

会場からは大拍手と爆笑。教員席の先生たちも立ち上がって拍手を送っている。

　その横で、これ以上苦いものはないというほどの苦虫を噛み潰したような校長。そして、顔を真っ赤にして怒っているミスター角刈り。

言い出せない恋の言葉も春隣

この日、グランプリに選ばれたのは、この句だった。作品としては「約束の校門で待つ春隣」の句の方が映像が見える分だけ評価できるのだが、やはり中学生にとって「言い出せない言葉」に対する共感は強いようだ。

「この人はただ恥ずかしがり屋っていうだけじゃなくて、繊細な心っていうか、そういうものを持ってる人だと感じました。『恋の言葉も』の『も』の後に、ほんとうはこの人の言いたい言葉が詰まっているような気がします」

「私も、こんな経験があります。たぶん自分なんか告白してもダメだろうしって思って諦めたんですが、その時にもし『春隣』って季語を知ってて、この句を知ってたら、私も言えたかもしれないって思ったんです。だから、季語ってスゴイなあって」

このあたりから、校長の苦虫の味が少し変化したように見えた。生徒たちの言葉に耳を傾けていく表情に変わっていった。

「私も、この季語っていいなあって思いました。いろんな嫌なことや辛いことあっても、十二音でそれを言って、その後に『春隣』って季語を取り合わせたら、何か心が軽くなるんじゃないかなあって思いました」

「あのぉ、ボクがこれを選んだのは、この人にここで告白させてあげたいと思ったからです。こんなチャンスってもうないかもしれんし、この句会ライブで恋が実ることもあり得るかもしれんです」

いきなり会場が沸き立った。すでにミスター角刈りは怒り心頭！　の赤鬼状態となっている。

「そうかぁ、君のその願望が叶うかどうかは、作者次第やけど、よし、それじゃあ、今日の句会ライブのチャンピオンを皆でお迎えしよう！　果たして、作者はここで恋の告白をしてくれるかどうか、さあ、作者どこにいらっしゃいますかお立ち下さい、どうぞ！」

パイプ椅子がガシャンと倒れ、怒り爆発寸前のミスター角刈りを、校長がガッシと押しとどめているのが、目に入る。作者は、まだ立ち上がらない。ヤバイ！　もう一度、力を籠めて呼びかける。

「作者、どこ⁉　立って下さい！」

「ボクですッ！」

声の方向に全員の視線が走る！　と、そこには、沸騰したヤカンの如き顔をしたミスター角刈りが立っていた。校長が、唖然と彼を見上げている。真空のような一瞬の静寂の後、体育館は悲鳴のような歓声が上がり、天井が抜け落ちんばかりの拍手と指笛が鳴りわたった！

生徒達の拍手喝采に押し出されるように、ミスター角刈りは舞台に上がってきた。

「いやぁ……。あのぉ、こう見えて……。繊細でシャイな人間で……」

「いやぁ……。春隣という季語に助けられたようなもので……」

彼が一言語る度に会場からは熱い熱い拍手がわき起こった。そして、この句の作者にこの場で恋の告白をさせてあげたいと語っていた男の子の

「先生も、恋する少年だったんだ！」

という賞賛の言葉で、この日の「句会ライブ」は興奮の幕を下ろそうとした……。

ところが、「句会ライブ」お開きの挨拶をし、次は講師退場というタイミングで、いきなり校長が司会のミスター角刈りを制した。何か囁いている。ミスター角刈りの顔が急に強ばった。校長は静かに壇上に向かっている。会場は、水を打ったように静まり返った。

会場を見渡した校長は、静かに語り始めた。

「私は、君らにどうしても言いたいことがあって、終わりの時間が過ぎていることを承知でここに上がってきた。私は、どうしても君らに言わなくてはならないという強い衝動からここに立った。これまで、私は本当の意味で君らの声を、何一つ聞いて来なかったことを痛切に思った。これは、教員として本当に恥じ入るべきことだ。今日の句会ライブは、私にとって大きな出来事だった。君らにとっても、思い出深い句会ライブであったと思う。実に、楽しい時間だった。君らにお礼を言いたい。ありがとう」

会場のだんだん強くなっていく拍手は、まっすぐに校長センセイの胸に届いたはずだ。生徒も教員も皆まっすぐに彼を見ていた。強い強い拍手はいつまでたっても止みそうもなかった。

「句会ライブ」を体験した人たちは、「教えてもらったとおりにやったら、知らない間に俳句ができてた」と驚き、「まさかワタシがほんとに俳句作れちゃうとは思わなかった！」といって笑い出す。

一度「俳句」を覚えると、毎日がきらきらしてくる。人生から退屈という言葉がなくなる。悲しいことや苦しいことにぶつかっても、心の中にそれを乗り越えるエネルギーがムクムク生まれてくる。何でだか分からないけれど、「俳句」にはそんな力があるってこと、私は「俳句」に教えてもらった。

さあ、俳句の国の扉を叩いてみよう。俳句の国の海には、今日も最高の南風が吹いて

いるし、俳句の国の森には、まぶしい囀りが満ちている。歩き出してみよう。漕ぎ出してみよう。

心が言葉に結球していく楽しさを伝えるため、俳句の伝道師ことワタクシ、俳句集団「いつき組」組長は、スーツケースを引きずって今日も全国を駆けめぐっている。

第二章

『プレバト!!』で出会った子供たち

夏井いつき

ＭＢＳ『プレバト!!』との出会いは、幸運な偶然から始まった。最初のオファーがあった頃、番組の収録は隔週火曜日に行われていた。実は、地元松山にて今や二十年以上続けているラジオ番組『夏井いつきの一句一遊』の収録も、隔週火曜日。これが、偶然互い違いな隔週であったことが、幸運の第一歩だった。もし、同じ隔週火曜日であれば、そもそも最初のオファーを受けることはできなかったし、その最初の一回がなければ、バラエティー番組の俳句コーナーが十年以上も続くという奇跡は起こるはずもなかった。

単発の依頼であった第一回の収録を終えた段階で、次回以降のスケジュールを押さえられる怒涛の展開となり、ほぼ毎回、俳句コーナーは休むことなく続いてきた。全てが偶然から始まっているのだと思うと、感慨深いものがある。

「俳句は特に習っていないが、プレバトは毎回見ている」という人たちが、最近の句会ライブで特選七句に入るケースが多くなってきた。句会ライブでは、特選七句について参加者皆で語り合い、多数決でその日の一位を決める。その際に語られる鑑賞が実に巧いものだから、思わず「何年ぐらい俳句をやってるの?」と問うと、「いえいえ、プレバト観てるだけです」という人も結構いるのだ。

中には、録画を観ながら、番組に出てくる俳句を全て書き写し、赤ペンの添削やアドバイスとして語った一言一句を記録している人たちにも出会う。「六冊目に入りました！」と、ノートを見せてくれる人もいる。

「俳句なんて、自分の人生に関わるはずがないもの」と思い込んでいた人たちが、バラエティー番組という敷居の低さから、俳句の世界を覗き見してくれるようになり、知らず知らずのうちに、俳句の知識が積み重なり、ノウハウが体に入り、俳句の筋肉＝俳筋力を身に着けたプレバト俳人が生まれてくる。これも、番組から生まれた一つの奇跡かもしれない。

『プレバト!!』の俳句コーナーは、制作スタッフの俳句脳も育て、それによって番組はどんどん分かりやすいものになっていったし、大人だけでなく、子供たちの中にもプレバト俳人が生まれてきた。この番組は、今や、テレビにおける無料カルチャー教室として、日本国民の文化度向上に貢献しているといっても過言ではないだろう。

例えば、中高校生たちに大きな影響を及ぼしたのは、アイドルグループKis-My-

Ft2の面々だ。その中で、横尾渉さんがみるみる特待生・名人・永世名人へと腕を上げていき、その後を追うように千賀健永さんが実力をつけてきた。

『プレバト!!』という番組は、生放送に近い形で収録される。誰も自分の句の評価がどうなっていくのかを知らないし、私自身も出演者の皆さんが、何を語り出すのか、全く分からない。ナマのやり取りが、そのまま番組となっているのだ。

年に四回開催されるタイトル戦の一つ「冬麗戦」にて、名人を押しのけ千賀さんが初優勝した時。彼は「うおおー!」と雄叫びをあげつつ号泣した。スタジオにいた私たち、カメラさんも音声さんもメイクさんも衣装さんも皆、思わずもらい泣きした。

その涙は、テレビの画面を通して、十代の子供たちの心にも真っ直ぐ届いた。「千賀さんは、真剣に努力したから、あんなふうに泣けるのだと思いました」「自分のことのように嬉しくて、ますます応援したくなりました」そんな声が、私のところにも沢山届いた。

親たちが「勉強しろ」「努力しろ」と口を酸っぱくしても、そっぽを向きがちな思春期の子供たちだが、横尾さんや千賀さんの姿を、「努力するってイケてる!」「勉強するってカッコイイ!」と素直に受けとめていくことを、心嬉しく眺めてきた。

小学生以下の子供たちに断然人気が高いのが梅沢富美男さんだ。

一時期、梅沢のおっちゃんは、自分宛に届いた子供たちからの手紙をしきりに持参していた。番組内では「ご本人が左手で書いているのでは」という疑惑の声も上がっていたが、私は、「梅沢のおっちゃんのファンです」という子供たちに沢山出会っていたので、それらの手紙を疑ったことはない（笑）。

そんな出会いの中で、最も驚いたのが、句会ライブ後のサイン会でのこと。私の前に立ったのは、小学校高学年ぐらいの女の子とご家族。初めて句会ライブに参加してくれたそうで、「こんなにゲラゲラ笑えるものだと思いませんでした」「俳句がほんとに作れて、ビックリしました」と口々に感想を語ってくれた。

サインした本を手渡すと、女の子がいきなりこう切り出した。「夏井先生、お願いがあります」彼女は真剣な表情で「私は梅沢富美男さんのファンです」と言い出した。思わず「よりによって、なんで!?」と問い返してしまったが、彼女はしっかりとこう答えた。「梅沢さんはいつも、俳句の王道を歩くと言っていて、すごく努力している人だと思います。私は、そんな大人になりたいので、ファンになりました」

その言葉に、舌を巻いてしまった。梅沢のおっちゃんが、どれだけ真剣に俳句と格闘し、大いなるユーモアをもって番組を盛り立てているか。それがはっきりと分かっていて、「あんな大人になりたい」と言い切っている彼女に感嘆したのだ。

更に、彼女はこう言葉を続けた。「夏井先生も、ババアと呼ばれて、お腹立ちになると思いますが、梅沢さんのことを末永く見守ってあげて下さい」

子供たちは、番組を通じて、勝手に様々なことを学びとってくれる。この事実が、何とも痛快すぎて嬉しくて、彼女の前でゲラゲラと声を上げて笑ってしまった。

「学び」とは、好奇心から生まれ、向学心によって継続されていく。『プレバト!!』という番組は、期せずして、「学び」の本質を、大人にも子供にも提供し続けているのだということに、改めて納得する。

「学び」という意味では、この番組において最も学ばせてもらったのは、私自身かもしれない。最初の頃は、「なんでこんなヘタクソな句まで添削しないといけないのか」と、正直うんざりすることもあった。が、これも仕事だと続けていくうちに、私の中に変化が生まれた。少しずつ俳句のメカニズムが分かるようになってきたのだ。

たった十七音しかない俳句。なぜ、この句は全く意味が通じないのか。なぜ、間違った読みに辿り着かせてしまうのか。作者の思いと文字面の隙間をどう埋めれば、意図通りに誰にでも伝わる句になるのか。それらを探っていくことが、次第に面白くなっていった。

知らない言葉にぶつかると、調べる。判断できかねることにぶち当たると、黙考する。文法的知識の足りなさを痛感しつつも、一つずつ自分の中に情報が蓄積されていくことを楽しむ。番組で、否応なくさせられてきた添削作業は、そのまま私自身の俳筋力となってきた。『プレバト!!』は、私にとっても、貴重な学びの場であり続けているのだ。

俳句コーナーが六年目に入った頃、番組の総合演出水野さんからこんな相談を受けた。「プレバトの出演者も力をつけてきましたし、俳句甲子園のような五人チームの句合わせに、番組として挑戦したいんです」と。

手始めに、俳句甲子園の常連校である、愛媛県立松山東高等学校チームとプレバトチームとの対戦をやってみると、いつもの番組とはまた違った緊張感と面白さがあった。結果は、僅差ながらプレバトチームの勝利。私としては、プレバトチームの成長も実感できた有り難い試みだった。

後日、水野さんから更なる相談。「次は、小中学生と対戦したいのですが、これぞと思う子供たちに声をかけて、チームを作ってもらえないでしょうか」と。「うーむ」と考え込む。まずは、俳句が巧いことに加えて、物怖じせずに話しができる。この二点をクリアできる子が、五人もいるだろうか。

あの子は、今、何年生なんだろう？　お、あの子なら芸能人相手でも堂々と話ができるに違いない。脳内でざっと人選してみると、なんとかメンバーを集めることができそうな気がしてきた。「水野さん、やってみましょう！」

かくして、ワタクシ意中の俳句キッズたちに、オファーをかけてもらう。マネージャーという名の我が夫兼光さんは、元ＣＭプロデューサー。手際よく次々交渉に当たってくれ、手配は快調に進んでいく。あっという間に「全員から快諾をもらった」との報告を聞き、ワクワクしてくる。これは面白いことになりそうだ！

いよいよ番組収録当日。急いでいつものメイクと着付けを済ませ、三階の俳句キッズたちの控え室を覗きに行く。

家族に付き添われているとはいえ、皆、それぞれに緊張の面持ちだ。各地から参集してくれた五人は、俳句コンテストの表彰式や句会ライブの会場などで、顔を見知っているかもしれないが、親しい間柄ではないはず。緊張するのは致し方ないことだ。子供たちの衣装は羽織袴。女の子たちはメイク室にて髪も可愛くセットしてもらっている。男の子たちが、羽織の裾を持て余しているのも、可愛い。

周りに集まってきた五人に伝える。「番組の中での対戦の勝ち負けは、取るに足りないこと。君らが、この収録を存分に楽しんでくれたら、番組を見てくれる人たちも楽しくなる。『俳句って楽しそう！』と思ってくれる人が一人でも増えてくれれば、番組の成功にも繋がる。だから、今日は皆でめちゃくちゃ楽しもうね！」

五人は「はいッ！」と肯いてくれる。その笑顔を見て、今日の収録は大成功となるに違いないと、密かに確信する。

スタジオには、いつもとは少し違ったセットが組まれている。

正面には、浜ちゃんこと浜田雅功さんの司会席。向かって左側は、プレバトチーム五人の席。向かって右側は、選抜チームの子供たち五人の席。更に、右手前に審査員三人の席。これらのセットの対面に、小さな観客席。その観客席の斜め後ろ側に、私の黒板のセット。と、こんな具合になっている。二百坪のスタジオながら、いつもより出演者の数が多い分だけ、窮屈な感じがする。

黒板セットでスタンバイしていると、出演者が次々スタジオに入ってくる。私の位置からは、直接子供たちの様子は見えない。カメラ横のモニターで、一人一人の表情を見つめる。照明の明るさに、子供たちはちょっと驚いているようだ。これが、プレバトのスタジオかと、きょろきょろ見渡している子もいる。所定の位置に座った五人。皆案外落ち着いている。大したものだと胸をなでおろす。

この番組、リハーサルは全くない。技術や制作スタッフ用の進行台本はあるに違いないが、出演者向けの台本は基本的にはない。さらに、途中でカメラを止めることも一切なく、ほぼ生放送のような撮り方をする。その臨場感が、そのままテレビを通して視聴者の心に飛び込んでいくのだろうと、いつも思う。

ＭＣの浜田さんが所定に位置につき「夏井選抜・天才小中学生　対　名人・特待生夏の他流試合スペシャルぅ！」と叫ぶと同時に、全てのカメラが回り始めていて、収録が動き出す。

モニター越しの浜田さんの視線が、子供たちに注がれる。いつもよりも眼差しが優しい、気がする。七五三のような羽織袴姿を見ての一言「小綺麗にしてもろて」に、早くも笑いが起こる。この浜ちゃん節が一気にスタジオの雰囲気を盛り上げる。

対するプレバトチームは、立川志らく・FUJIWARA藤本敏史・皆藤愛子・千原ジュニア・Kis-My-Ft2千賀健永の五人の皆さん。それぞれの和服も特番らしいお祭り気分。「負けるわけがない」「負けたら恥ずかしい」「知ってる言葉の数が違う」などと嘯く大人たち。口々に自信を語る前哨戦を聞きつつ、私からは「舐めてたら痛い目に合うんじゃないですか」と、脅し文句を添える。


今回の対戦の勝敗を決めるのは、俳句界の重鎮、宇多喜代子先生、高野ムツオ先生、井上康明先生のお三方だ。

採点は、「10対9」「8対8」といったボクシングの採点方式を採用。どちらかを10点とした時に、相手の句が何点になるかという考え方だ。更に、チームの合計点で勝敗が決まるので、五試合全てが終わるまで、勝敗の行方は分からない。

事前に投句してもらった俳句は、テーマや季語を考慮して、私がマッチメイクした。
「作風が似てるとか、対照的だとかを考えて組みました。驚いたことに、同じ季語を使った句がありまして、それはもう迷いなく『同じ季語対決』を組みました」と解説すると、自分が誰と対戦するのか分からない選抜チームの子供たちは、プレバトチームの面々を、キョロキョロ眺めだす。熱い照明のせいか緊張のせいか、それぞれの頬が紅潮し始めている。

【第一試合】　中学校三年生　馬場叶羽　VS　立川志らく

選抜チームからは、中学三年生で俳句歴九年の馬場叶羽《ばばかなう》さん。小学校に上がるか上がらないかという年齢で俳句を始めた。「普段から大人と混じって句会をしているので、自信はあります」と、微笑む。自ら選んだ代表句は

猫だけに見えているモノ梅雨の月　　馬場叶羽

この句が画面に映し出されると、プレバトチームから感嘆の声が上がる。大人たちの表情が急に引き締まってきた。叶羽さんの対戦相手は、落語家の立川志らくさんだ。

お題写真は、「夏空と電車」。

「これって、小中学生に有利なお題なんかな……」とつぶやくプレバトチーム。「アンタたちがやってきた中では簡単な写真でしょ？　どんだけアンタたちのために私が時間を割いて来たか！」と、活を入れる。

プレバトチーム　**八月《はづき》が降りる江ノ電の海水浴　立川志らく**

志らくさんの俳句が出たとたん、「江ノ電と海水浴の映像を際立たせるために、映像を持たない八月という季語を持ってきているのが素晴らしい」とフジモンさん。

叶羽さんも「『八月』という大きな季語を比喩で使ったところが、すごく大胆で良いと思います」と、相手の句を褒める。志らくさんは、「もうなんか、大人の人としゃべってるみたい」と口ごもる。

選抜チーム

風鈴は鳴らぬ駅長室のドア　馬場叶羽

地下鉄の駅長室を詠んだという叶羽さんの句について、意見を求められた志らくさんは、「とっても良い句だと思いますよ。が、何で風鈴が鳴らないのだろう、と疑問に思った。地下鉄だからだと聞いて、それなら地下鉄が入ってた方が良い気がしました」との攻めの発言。叶羽さんの顔に不安がよぎる。

さあ、第一試合の点数の発表。浜田さんが、各審査員の点数を読み上げる。

宇多先生　10対9　プレバトチーム
高野先生　10対9　選抜チーム
井上先生　10対9　選抜チーム

結果は、29対28。選抜チーム一勝目！　真剣な眼差しで、勝敗の行方を見つめていた叶羽さん。勝利を知ってほっと息をつき、初めて頬にえくぼが浮かぶ。

「地下鉄」の必要性について高野先生は、「普通の駅長室でいいんです。ひっそりと駅長室を守っている風鈴を詠んだ作品」と講評。井上先生も、「地下鉄とは分からないが、駅長室の風鈴が鳴らないということで、夏の暑苦しさや蒸し暑さがふわっと浮き上がってくる作品」と評価。

一方、志らくさんの「八月が降りる」の擬人化については、審査員の意見が真っ二つに割れる。井上先生が「『八月』というものは、何かを食べたりしないし、恋もしない。『八月が降りる』という喩えは、やや踏み出しすぎではないか」と評すると、それを遮って、「私はそこが良かった。手足のあるものが降りてくるんじゃ、つまらない」と宇多先生。審査員同士の議論を、両チーム真剣なまなざしで聞いている。

第一戦にして、既に俳句の方向性や芸術性にまで話が及ぶとは、さすがは尊敬する先生方だと、心の中で拍手喝采する。

事前に届いた両チームの投句をマッチメイクしたのは私だが、どちらのチームが大人か子供か、どの句が誰の句かは全く知らない。

第一試合の組み合わせについて、「正直言って、逆だと思ってました。『風鈴』の句はきっちりと綺麗にできているし、『八月』の句は、子供が思い切って擬人化にチャレンジしたような句かなと」と語ると、すかさず志らくさんが「おじちゃんはね、精神年齢がまだ八歳なの」と返して、スタジオは大笑い。完全に緊張のほどけた叶羽さんの笑顔に、最大のえくぼが浮かんだ。

【第二試合】　小学校六年生　野村颯万　VS　皆藤愛子

「小学生なら大丈夫じゃないでしょうか」とニッコリ微笑むのは、フリーアナウンサーでタレントの皆藤愛子さん。対するのは、俳句歴八年の野村颯万《そうま》君。彼のお気に入りの代表句はこの一句。

冬霧の松山城いくさが起こるか　野村颯万

第二試合が始まる。にこやかな皆藤さんと対照的に、颯万君が緊張ぎみなのが可愛い。意気込みを聞かれると、口早に語りだす。「夏井先生の本もいっぱい買ってみてるし、あの、いろいろ……、自分らしい俳句ができたので、自信が、ちょ、めっちゃ△※◇〜」となったとたん、「落ち着けッ！」との浜田さんのツッコミに大笑い。

プレバトチーム　夕立の粒木霊する高架下　皆藤愛子

選抜チーム　白南風《しろはえ》よレールの下の砕石へ　野村颯万

颯万君の句については、チームメイトの結雅君が「白南風とレールの下の砕石という、大きいものと小さいものの取り合わせが良いと思います」と応援。対戦相手の皆藤さんからは、「白南風よ、じゃなくて『や』でも良いのかな」との疑問も。

第二試合の結果発表。

宇多先生　10対9　選抜チーム

高野先生　10対9　選抜チーム

井上先生　10対9　プレバトチーム

29対28で選抜チーム二勝目。

勝利した颯万君の句について、「思いもかけず空高々と吹く大きな風が、レールの下のしかも小さい石に届く、という着想が面白い」と宇多先生。「白南風の句の『よ』がいい。風に対する呼びかけの気持ち、励ましが伝わる。砕石への『へ』もうまい。とても小学生には思えない、巧みです」と高野先生。「たまたまやろ?」との突っ込みに、顔中くしゃくしゃにして笑う颯万君。

一方、皆藤さんの句に10点をつけた井上先生は『よ』と『へ』は、あまり効いていない。一緒にレールの下へ行こう、と白南風に呼びかけているように読める」と反論。そこへ高野先生が、「そういう風に読めるから面白い」とさらなる反論。

実際の句会でも、一句の鑑賞について意見の対立は常にある。俳句は座の文芸。輪になって座り、ああだこうだと舌戦を繰り返し、切磋琢磨する。議論のない仲良し句会の成長は遅い。スタジオで起こっていることは、まさに健全な句座の姿なのだ。

高架下での雨宿りの景を詠んだ皆藤さんの句。評価の分かれ目は、「粒」という単語だ。この語によって、夕立の粒が見えて音になっていくのがいいと評価するか、はたまた、夕立が高架下で木霊するのだから、「粒」はいらないと考えるか。高野先生からは、「どうしても強調したいなら、『夕立の全てが木霊』と、全体に鳴り響くように使った方がいい」と添削のアドバイスも。

「両句共に互角でした」と宇多先生。「夕立の句も臨場感があってとても良かったですよ」と高野先生。僅差の勝利を制した颯万君の満面くしゃくしゃの笑顔に、ふたたび大拍手が起こった。

【第三試合】　小学校四年生　阿見果凛　VS　千原ジュニア

俳句歴二年の阿見果凛《あみかりん》さんの代表句はこれだ。

満月やアリクイの子の仁王立ち　阿見果凛

対戦相手は千原ジュニアさん。最近の成長ぶりが素晴らしい二人の「急成長対決」だ。ひょろひょろと背の高いジュニアさんを見上げて語りかける十歳の果凛さん。

ジュニアさんについて、「発想がすごいなって思っていて。最初は尖っていて……」と話し始めると、弱いところを突かれたジュニアさんも、会場も大爆笑。「だんだん優しい感じの俳句を作り始めて、いろんな発想ができる人で、強敵だなと思います」

と、真面目に続ける果凛さんに、褒められて恐縮するジュニアさん。

プレバトチーム　撮り鉄の汗拭いけり１０３系　千原ジュニア
選抜チーム　早緑《さみどり》の電車まっすぐ夏雲へ　阿見果凛

まずはジュニアさんの句について果凛さんは「１０３系で電車のことを想像できるかどうかが、気になる所です」と、小首を傾げる。

果凛さんの句には、「早緑って色？」との質問。「まだ新緑の頃の葉っぱの色で……」と堂々と答える果凛さん。「電車はいつも同じ線路の上をまっすぐ走っているので、いつかどこかに飛び出したくならないかなと思って」と、のびのび語り上げる。

「これ、俺が作った句やったんちゃうかな～」というジュニアさんのボケに、違う違う！　とムキになって首を振る果凛さんの可愛いこと。

結果は、29対27。

宇多先生　10対9　選抜チーム

高野先生　10対8　プレバトチーム
井上先生　10対9　プレバトチーム
プレバトチーム、初の一勝をあげる。

選抜チームに10点を入れた宇多先生は、「レールを絶対に抜け出ることのない電車を、空まで飛ばした発想が良い」と激賞。一方、高野先生からは「『電車まっすぐ夏雲へ』は素晴らしいと思いました。早緑が色なのか、実際の緑が満ち溢れているのか、少し分かりにくいのが残念だった」との評。
撮り鉄の句については、「現代の風景で、汗を拭ったという、ほっとしている時間を詠んでいるのが巧い。１０３系は知らなかったが、何となく懐かしい電車の感じも出ている」と井上先生。
結果発表の瞬間、悔しそうな表情だった果凜さん。「解説を聞いて、判定に、今、納得してます」と、あどけなくも凛々しい笑顔を残した。

【第四試合】　中学校三年生　宇都宮駿介　VS　Kis-My-Ft2 千賀健永

ここまでの結果は85対85の五分と五分。対戦は二対一でも、勝敗はチームの総得点によって決まる。いよいよ勝負どころの第四試合だ。選抜チームからは、俳句歴八年の宇都宮駿介《しゅんすけ》君。「千賀さんの冬麗戦で優秀した時の句が印象的で」と、対戦相手へのリスペクトを語る。

プレバトチーム　**原爆忌弾丸列車光るこの空**　**千賀健永**

同じ季語対決となった四試合目。

千賀さんが語りだす。「弾丸列車は、新幹線です。広島が破壊し尽くされた時から考えると、今は新幹線が走って綺麗になった。僕たちはその時代に生きていないけど、『原爆忌』があることで、平和になったなと思えるような句にしようと思って」

選抜チーム　**原爆忌今日も明日も通る道**　**宇都宮駿介**

駿介君の句が読み上げられたとたん、ジュニアさんが思わず「めちゃくちゃええわ〜」と呟く。自句について語りだした駿介君の言葉に、じっと耳を傾けている。「いつも歩いている通学路。今日が『原爆忌』だと知って、もし原爆が落ちたら明日は通れない。いつもと違って、大事に通らないといけない、と思う気持ちです」

結果は、

宇多先生　10対9　選抜チーム
高野先生　10対8　プレバトチーム
井上先生　10対9　選抜チーム

勝敗は二対一だが、点数は28対28の引き分け。

「日常の中にある原爆忌という捉え方が良かった」と、選抜チームに10点を入れた宇多先生。一方、プレバトチームに10点を入れた高野先生からは、「弾丸列車」が、かつて日本が東京〜下関〜大陸まで通そうとして戦争のために潰えてしまった電車の名前であり、「夢が叶わなかった列車を思い出しながら、平和な今、新幹線に乗っている。時間がダブルイメージで見えてくるのがとても良い」と、2点差をつけた解説があった。「作者もこの良さを知らないのでは」の言葉に、会場は爆笑。

お題の写真から若い二人が「原爆忌」の句を作ったことに驚き、また、日常の光景の中に原爆忌を捉えたのが、選抜チームの句であったことでさらに驚かされた対戦。高野先生の解説で、「弾丸列車」という単語に、「新幹線」の意味を超えた時代背景があること知り、「光るこの空」とあえて「この空」にする意味があり、季語「原爆忌」との響き合いを改めて味わうことができた。

なんとこの段階で、得点は113対113。同点のまま、最終対決となった。

【第五試合】　小学校六年生　水野結雅　VS　FUJIWARA 藤本敏史

水野結雅《ゆうが》君は、俳句歴五年の十一歳。紹介されたのはこの一句。

もがりぶえひょうはくざいのにおいかな　水野結雅

家事の手伝いで布巾を洗っていた時に聞いた風の音と、漂白剤の匂いを取り合わせた一句だ。実生活の中で、自分の身体が捉えた感覚をすかさず掬い取るのが、結雅君の作句姿勢。等身大の素直さも、彼の持ち味だ。

俳人としての名刺を持ち歩いているという結雅君。俳句がビッシリ書かれている名刺の裏に驚くフジモンさん。

フジモンさんの印象を問われると、「去年、俳句甲子園のエキシビジョンマッチを見ました」と淡々と答える。「感想はないの?」「はい」「俳句はどうやった? 覚えてる?」「覚えてません」とのやり取りにスタジオは爆笑。

プレバトチーム　塩っぱめの飯類張る西日の火室　藤本敏史

選抜チーム　鈍行は僕の生き方かぶと虫　水野結雅

「火室」とは、蒸気機関車の石炭を入れる場所。西日がさす火室で、塩っぱめのおにぎりを頬張る釜炊きの姿を詠んだ句と、各駅停車の鈍行に、ゆっくりしか進めない自分を重ねながら、それでも良いと自己肯定する句との対戦だ。

結果は、

宇多先生　10対9　選抜チーム

高野先生　10対9　プレバトチーム

井上先生　10対9　選抜チーム

29対28　小中学生選抜チームの勝利となった。

フジモンさんの句については、「リズムがごつごつ」と宇多先生。井上先生は、「頬張るが言いすぎ。材料がたくさん入りすぎている」とのコメント。かたや、フジモンさんに10点を入れた高野先生は、「作り方は下手くそ。その下手くそなゴツゴツしたリズムが、この句の内容によく合っている」と評価した。

好勝負の最終戦。「頬張る」の必要性が評価の分かれ目となった。結雅君の句は、「鈍行」に対して取り合わせた「かぶと虫」が、力強く、遅く、美しい。もしこれが、蝸牛《かたつむり》だと、ベタな取り合わせで終わってしまっただろう。成長していく将来の「僕」

がどんなかぶと虫になっていくのか、想像が広がっていく。

この回のオンエアは、かなりの評判となった。

私は常々、作品に対して「子供らしくて良い」という評言を嫌っている。作品において、子供だからこの程度でいいなどのダブルスタンダードを掲げて評価するのは、子供に対して失礼極まりないことだ。

勿論、発達年齢を加味する必要はあるが、作品としての善し悪しは年齢だの性別だの句歴だの、ましてや社会的地位などで左右されるべきではない。「佳いものは佳い」「下手なものは下手」。評価というものは、そうでなくてはならない。その姿勢を貫いてこそ『プレバト!!』という類いまれな番組が成立しているのだと、確信もしている。

そんな思いを、カタチにしてくれた今回の対戦。勝った負けたではなく、対戦を面白がり、議論を楽しむ。そんな俳句の醍醐味を、両チームが体現化してくれた。子供も大人も、堂々と飄々と俳句の面白さを語り上げてくれた。俳句は笑えるもの、楽しいものだと、テレビを通して、お茶の間の皆さんにも真っ直ぐ届いたに違いない。

後日、番組に出演してくれた五人が、その後も家族ぐるみの付き合いをしていることを知ったのは、ラジオ番組『夏井いつきの一句一遊』に届いた阿見果凜さんのメールからだった。

高校三年生になった馬場叶羽さんと宇都宮駿介君は、それぞれ意中の高校でレギュラーの座を獲得し、俳句甲子園全国大会に出場する。彼らの最後の俳句甲子園に、『プレバト!!』出演以来友情を育んできた後輩三人が応援に駆けつけるのだという。

「プレバトでチームを組んだ五人全員が、俳句甲子園の会場にいる！　と思うだけで、なんだか嬉しいです。家族皆で応援に行きます」

と、メールには今の気持ちが素直に綴られていた。なんと素敵な俳縁を、彼らは結んでいるのだろう。

小さな俳句の種が、さまざまなかたちで芽を出している。すくすくと、ぐんぐんと育っていく。あのスタジオで、偶々出会った五人がどんなふうに成長しているのか。知りたい気持ちが募ってくる。スケジュールに余裕がない私には、非現実的な望みなのだが、その思いは日に日に強くなっていく。

ふと、「あ、そうだ!」と思いついた。我が夏井&カンパニーのスタッフであり、我が妹でもあるローゼン千津に、五人の俳句キッズたちに会いに行ってもらおう。まずは、五人が一同に会するという俳句甲子園が、顔合わせにはちょうどよいだろう。そして、彼らの成長の軌跡を取材してきてもらおう。その記録は、全国の俳句ファンの子供たちへのメッセージともなるだろう。

あんな中学生に憧れる。

あんな高校生になるのが私の夢だ。

そんな夢や憧れは、人生における「生きる力」となってくれる。遠い遠い次元の違う憧れではなく、自分と地続きの、少し先を歩く人たちへの、手の届く憧れ。それを記しておくこともまた、次代への俳句の種蒔きとなるはずだ。

第三章

育ちゆく五人の若き俳人たち

ローゼン千津

姉夏井いつきから、一枚のＤＶＤを手渡された。「ここに映っている五人の子供たちに会いに行って欲しい」と。そのミッションの全貌を把握しないままに、ひとまず視聴してみる。

ニューヨークに住んでいた頃は、年に一度、紅白歌合戦を半日遅れで観るぐらい。姉が出演する番組も観られなかった。アメリカ人チェリストの夫と日本に戻ってから住んだ富士山麓山中湖村には映画館がなく、家にテレビもなく、ひたすらスマホでバラエティを観る日々となった。大好きな浜ちゃんが司会をする番組に実の姉が出ている、という現実がアンビリーバボー！

姉の夫で夏井＆カンパニー社長の兼光さんがある日ぎっくり腰になり、急きょ付き人代理として『プレバト‼』のスタジオへ入った時は夢心地！　芸人さん達が楽屋の廊下を歩く姿に、感激のあまり声も出なかった。浜ちゃんには紹介されず、サインをもらうチャンスもなかったが、同じスタジオの隅っこの空気を吸うだけでハッピーであった。

姉の会社・夏井＆カンパニーの人手が足りないので、松山に戻ってライターとして仕事を手伝って欲しいとの連絡が入ったのは、二年前。ちょうど、夫ニック（ナサニエル・ローゼン）のバッハのレコーディングも、山梨での長期間の演奏活動も終わったところだったので、私たちは松山に引っ越すことを決めた。そんな流れでの、新しい仕事だった。

手渡されたＤＶＤは、『プレバト!!』の特番。五人の天才俳句キッズたちが、プレバトの名人・特待生と句合わせをする「他流試合スペシャル」だ。そうか、この子供たちに会いに行くのが、ミッションなのかと思いつつ、番組の面白さについつい見入ってしまった。

たとえば「ちびっこ暗算名人」とか、「こども卓球チャンピオン」なんてキッズが出てきたら、一般の大人は勝てる気がしない。しかし俳句だけは分からない。大人が、天才俳句キッズより良い句をふと詠んでしまうことだってあり得る。そこが俳句の面白さ。誰もがホームランを打つ可能性はある。

夢中になってＤＶＤを見終わった感想はただ一つ。一体どんな風に育てば、あんなにのびのびと俳句を作り、俳句を味わえるようになるのか。本人たちに会えば、その秘密の片鱗が解明するかもしれない。

『プレバト!!』でチームを組んだあの五人全員が揃っているという、第25回俳句甲子園の会場へ私も行かねば！　との思いが、こんこんと泉のように身の内に噴き上がってくる。馬場叶羽さん、宇都宮駿介君の試合をつぶさに観戦し、俳句甲子園の熱気を体感し、阿見果凜さん、水野結雅君、野村颯万君の応援する姿をしっかりとこの目にやきつけてこよう。そして、その場で五人へ取材のアポを取りつけよう！　まずはそこからだ。

◉馬場叶羽《ばばかなう》の巻……伯方島のナウシカ

ちょうど、夫ニックに「瀬戸内『し・ま・の・音楽祭』」で弦楽四重奏を弾かないか、という誘いが来ていたので、その下見もかねて、馬場叶羽さんの住む伯方島を訪れることにした。

瀬戸内海に浮かぶ伯方島に「俳句留学」をしている叶羽さんは、大阪出身。親元を離れて、俳句甲子園の常連校である愛媛県立今治西高等学校伯方分校で寮生活を送っている彼女は、一体どんな高校生なのだろう。俳句甲子園会場で出会った叶羽さんは、伯方分校俳句部を率いて試合に臨む、１００％俳句部部長の顔であり、少女戦士のような印象だった。今日はどんな素顔を見せてくれるのだろう。

私は、夫のニックの運転する青いスバルで伯方島を目指した。このスバルは、六速のマニュアルシフト。松山市内では、迷路のような城下町の路地を対向車と譲り合いつつじりじり進むばかりで、六速目のギアを入れるチャンスは皆無。この時とばかり窓を全開に、来島海峡大橋を渡る。

小島から小島を吹き渡る潮風に銀髪をなぶらせながら、ハンドルを握るニック。サングラスにぎらぎらと海光を受けて歓声をあげる私。アクセルを一踏みすれば、一瞬で吊り橋の向こうまで吹っ飛んで行く勢いだ。このまま飛ばしていけば、一時間足らずで本州、尾道へ着くだろう。午後三時のドライブをたっぷりと楽しみ、私たちは伯方島への出口を下った。

島の周回路へ続く最初の大きなカーブに車を止め、伯方島の全貌を見渡す。ちょこんと小島に立つ可愛い灯台。急流の沖と静かな入江。私たち姉妹の故郷、由良半島の先っぽの小さな入江の村の風景に似ている。

決定的に違うところは、巨大船舶を蔵す造船所の存在だ。巨船の舳先が道に突き出している国道を進み、人っ子一人通らぬ島の静けさを感じつつ、海の一角に張り出した校庭のフェンスをめざして走ると、あっという間に伯方分校の正門に到着した。

最終時限の授業がまだ続いているらしい。放課後の約束の時間まで、学校の周辺を歩いてみることにした。

学校を取り巻く遊歩道のすぐ横は、むっとするような緑濃い潮が満ちている。揺れる波を見ていると、磯酔いしそうだ。サッカーゴールが潮に錆びている。今日は曇りだが、晴れていれば眩しいほど波がきらめくことだろう。教室の窓からは、一日中海が見えることだろう。

気がつけば、蝉の声が激しい。ニューヨークで暮らしていた頃は、蝉の声が雑音でしかなかった。日本に戻ってきてから、季語として蝉の声が我が身に再生されていると感じるようになった。蝉の声をしみじみ聞く人々がいて、初めてその声は聞こえてくる。季語として生活の中に生きているところで、初めて蝉は鳴くのだ。俳句のよくできる環境とは目に見えるものだけではない、と今は確信している。

叶羽さんのように大都会から来た少女は、自転車なら約一時間、半日あれば歩いて一周できる小さな島で、目の前をぐるり海に取り囲まれ、日がな波を見て暮らし、どんな新鮮な発見をしたのだろうか。それがどんな俳句になっていったのか。

終業のチャイムが鳴る。「じゃ僕は、島を探検してくるよ」と手を振るニック。ここからはしばし別行動だ。

顧問の青野志津香先生を訪ねると、早速、俳句部の部室に案内して下さる。部室といっても、ごく普通の教室だ。何も書かれていない黒板と、その上の白壁には時計がぽつん。開け放した窓から潮の香の混じる風が、放課後の校内の軽いざわめきを運んでくる。

叶羽さんがセーラー服のスカートを揺らし、足早に教室に入ってきた。笑顔でハキハキと挨拶する。チャームポイントはえくぼだ。

「ようこそ、伯方島へ」

俳句部の後輩部員たちだろうか。椅子と机を手際よく運び、給食の時に仲良し同士が向かい合うような形に机を配置してくれる。

私と叶羽さんは、向かい合って座った。ほっそりと物静かな青野先生が、そっとお茶を出して下さる。

まずは、私の自己紹介から。普段であれば、こんな風に始める。

「私は姉いつきに勧められ、三十歳の時に俳句を始めました。最初に参加した句会が、『藍生』という結社の大阪支部。大阪城吟行で二番目の夫と出会い、吟行三昧。角川俳句賞最終選考に初めて残った時は、金子兜太先生の◎をゲット。ニューヨークで十年間の育児を終え、アメリカ人チェリストと三度目の結婚。今は夏井&カンパニーのライターとして俳句書籍の執筆に関わり、取材やインタビューを担当しています」

べらべらと何もかもさらけ出すことで、手っ取り早く自分を知ってもらい、仲良くなるのが私の流儀だ。

しかし、ここは高校の俳句部の部室。場所柄をわきまえ、通常の自己紹介は封印し、簡単な句歴と、インタビューの趣旨を伝えるに留める。

「プレバトで出会った俳句キッズのその後を取材し、五人にとっての俳句とは何か、という切り口から、俳句の魅力を紹介する本を作りたいのです」

これを聞いた叶羽さん、責任感の強い人なのだろう、えくぼが消え、やや硬い表情となった。

さて、何から始めよう？

せっかくこの場にお邪魔しているのだから、俳句部について聞いてみたい。放課後の部活動はどのように始まるのか。実際に句会をやるのかな？

「句会も、ディベートの練習もここで。まあ今はそうなんですが……」

と、叶羽さんが口ごもる理由は、コロナ禍による休校であった。

叶羽さんが、伯方分校に俳句留学をして俳句部に入った時は、三年生が二人、二年生が三人、一年生は叶羽さん一人。入学して早々、新型コロナウイルス感染症の影響で休校となってしまった。俳句部の活動はライン句会のみとなる。俳句甲子園も投句審査のみ。

勿論、句会やディベートの練習をオンラインですることは、可能ではあるが……。

「リモートだけでは学べないんです。俳句甲子園のディベートは、やはり人と人とが真剣に向き合って、自分の持てる全力を出し切る場が必要で」

私の第一印象では、叶羽さんは孤独も愛せる少女だった。仲良しの友達と一緒でないとトイレにも行けないようなタイプではなさそう。叶羽さんが俳句と出会った時、最初は一人でコツコツとできる俳句や句集作りを楽しんでいたのではないだろうか。

そもそも俳句との出会いはいつだったのだろう？

「実はＮＨＫの番組がきっかけなんです」

話は小学一年生の時に遡る。ある日テレビを見ていると、「♬夏草や～、兵どもが夢の跡～♪」という寂しげで、ちょっととぼけたリズムの歌が流れて来た。ＮＨＫ教育（Ｅテレ）で２００３年から放送されている『にほんごであそぼ』という番組だ。

スマホで検索すると、当時のものかどうか定かではないが、松尾芭蕉の俳句にメロディーをつけて歌って覚える類の映像が出てくる。六歳の子がこんなのを聞いて、「いいな!」と思ったのか?

「さみだれを〜♪、あつめてはやし〜もがみがわ〜♬」

「何歌ってんの?」

「おくのほそみち」

「奥の細道? 松尾芭蕉? あはは、面白いの見つけたね」

そんな親子のやりとりがあったのかもしれない。

思いもしなかった「好きなもの」に、ひょんなきっかけで出会う。人生には必ずそれがある。「いいな」と思って通り過ぎてしまうか、ぐいと引き寄せられていくか。人生の岐路とは、こんなささやかな瞬間にあるのかもしれない。

叶羽さんは、小学校の図書室で漫画版の『奥の細道』を見つけて読み始める。

ある日子供が何かに特別な興味を持ち始めると、親は何かと応援したくなる。叶羽さんの親御さんは、立石寺や平泉といった奥の細道の俳句の詠まれた名所へ、叶羽さんを連れて旅行に出かけたそうだ。

さらに叶羽さんは、「俳句の作り方」が書かれた本を借りて、コツコツと独学を始めた。俳句をしているだけで珍しがられ、絵日記に俳句を書くと褒められた。それが嬉しくて、益々俳句が好きになり、句作りに打ち込むようになる。

「小三の時、愛媛で開催されている、夏井先生が審査員をしていた『夏休み句集を作ろう！コンテスト』に、初めて応募しました」

学校の宿題でもないのに、小学三年生が四十句作って、表紙も自分で描いた。よほど楽しかったに違いない。

初めて完成したマイ句集で「装丁賞」をもらった。人生初の大きな表彰式に出た。それが、夏井いつきとの出会いでもあった。

小学四年の時、「二分の一成人式」という式典で「俳句甲子園に行きたい」と、宣言。大阪に住む小学四年生が、愛媛松山で開催されている俳句甲子園を知っていたというのだから驚く。

「ＮＨＫの俳句甲子園特集を見て、これに出たい！　と強く思いました。だいぶＮＨＫっ子ですね（笑）」

句集コンテストへの挑戦も続いた。中学になると、コンテストで表彰された他の人の句を読み、「私もこんな句を作ってみたい」と工夫し始める。

まさに「俳句スイッチ」が入ったこの頃、叶羽さんは句会にも出るようになる。平日昼間の句会や夜の句会は参加が難しい。日曜の午後開催されている三十代以下の人が集まる句会を、お母さんが見つけてくれた。

それまでは、コンテストに投句してから、結果を得るまでに時間がかかった。句会ではその場で選んだり、選ばれたりする双方向のコミュニケーションが可能となる。俳句を通じて自分を表現する面白さ、人の俳句を理解する楽しさに、初回の夜は眠れなかったという。

名句集を愛読し、好きな俳句もどんどん増えていく。

『プレバト!!』の出演依頼が舞い込んできたのは、そんな頃だった。

『プレバト!!』の控室で、五人のメンバーと初めて会った時、野村颯万君の顔に見覚えがあった。初めて参加した句集コンテストの表彰式で、幼稚園児で子規博奨励賞を受賞していたちびっこだと気づいた。場内を元気に走り回り、夏井先生に「颯万！」と名指しされる年長さんの姿が印象に残っていたという。

『プレバト!!』の収録中に放った、「普段から大人と混じって句会をしているので、自信はあります」の台詞を聞いて、お母さんは嬉しかったに違いない。叶羽さんのしなやかな自然体。勝ち気というのではなく、しっかりと地に足がついた精神性。俳句が好き、俳句と共に育ってきた、という矜持に支えられた言葉に違いない。

それにしても、大阪に住む中学生が、何でまた瀬戸内海の島にある伯方分校を受験しようと思ったのか？　俳句甲子園に出られる高校、俳句部のある高校は大阪にもあるではないか。

具体的に受験を考え始めた叶羽さんは、お母さんと俳句甲子園の地方大会を見学した。そこで「地域みらい留学」のポスターを見つけたのだという。

「これ、俳句甲子園に出ている伯方分校じゃない？」

そういえば、今回の取材で、まず叶羽さんのお母さんに、「インタビューさせて下さい」と連絡した時、お母さんは「もう大人ですから、直接本人に何でもお聞き下さい」とさばさばと仰った。娘を信頼しているからこそ、俳句留学の背中を押したのだろう。

「俳句でも、他の何であっても、娘にはやりたいことを全力でやって欲しい。私はそれを応援するだけです」

伯方分校へ来て三年目。

俳句部部長となった叶羽さんの、高校生最後の年は、俳句甲子園出場の五名を揃えるための部員集めからスタートした。後輩の指導に徹して臨む俳句甲子園。三年ぶりに再開する対面試合。全員が一丸となって頑張った手応えを感じたい。そんな高校最後の年、そして初めての俳句甲子園の幕が開いた。

第25回俳句甲子園全国大会予選リーグ。

叶羽さんにとっての初陣は、まさに私にとっても初めての俳句甲子園の取材。今まで YouTube でしか見たことのなかった俳句甲子園に立ち向かう。噂に聞くアーケード街の暑さ対策・熱中症予防に、凍らせた輪っかを首に嵌め、冷えピタシート、スポーツドリンク、塩飴、胃腸薬、頭痛薬、バンドエイドなどをバックパックに入れる。ピーナッツバターとジャムのサンドイッチ、林檎、バナナを、凍らせたボトル水の横に詰める。両手を自由に使うため、スマホとボイスレコーダーを首から下げる。冷房の効いた休憩所での体温調節のため、タンクトップ、半そでTシャツ、薄手のウインドブレーカーと重ね着をし、足首をサポートするスニーカーを履く。富士登山を目指していた時と同じぐらいの装備をして、予選リーグ会場の大街道商店街へ向かった。

高校生が1チーム五人で、兼題に沿って詠んだ句のできばえと鑑賞力を競う俳句甲子園。第1回大会は1998年に開催された。2020年と2021年は、新型コロナウイルスの影響により投句審査のみ。

2022年の今回は、地方大会から対面試合が行われ、76校101チームの中から、地方大会を勝ち抜いた28校32チームが松山の全国大会に集結している。三年ぶりのリアル試合だ。二年のブランクを経て、全員が等しく初のディベート対決となる。

開会式では、白い夏の制服の女子生徒が選手宣誓。

「私たちはこの日のために、日々の感動を拾い集め、十七文字の裏にその思いを込めてきました。今日、この俳句甲子園の場で、その感動を音にのせて、自分の力を精一杯発揮します」

白いシャツ、黒いズボン、セーラー服などの制服に混じって、俳句部のユニフォームを着ているチームも多い。叶羽さん率いる今治西高等学校伯方分校は、鮮やかなホットピンクのポロシャツ。その背には「恋する五・七・五」のキャッチコピー。

叶羽さんの幼い頃からの目標であった「俳句甲子園」。最初で最後の対面試合が始まる。チーム唯一の三年生で部長の叶羽さんが、後輩部員達に檄を飛ばす。

「悔いの残らない試合に、俳句甲子園を楽しめた、と思える試合にしましょう! 皆、頑張っていこう!」

伯方分校の一試合目は、山口県立徳山高等学校Bチームとの対戦。兼題は「七月」。

むきだしの七月の腕海を編む　　馬場叶羽

「後半に続く漢字に対して、『むきだし』という平仮名表記に、生のエネルギーがクローズアップされてくると思います」

自転車で島を走る少女の日焼けした腕や夏帽子。漁村の生活を観察する真剣な眼差し。太陽へ深呼吸する胸。海の満ち引きを刻み込む身体。これこそ、叶羽さんが伯方分校へ俳句留学して、七月の海を体感した一句だろう。

伯方分校二試合目の対戦相手は、名古屋高等学校Aチーム。兼題は「日傘」。

名古屋高等学校は、『プレバト!!』に出演した俳句キッズの一人、水野結雅君のお父さんが、監督を務める高校だ。白シャツの制服に赤いハチマキをしめた選手たちに混じり、同じ出で立ちの結雅君の姿がベンチの最後列に見える。

火ぶくれの地球の只中に日傘　馬場叶羽

「温暖化、戦争、流行病などいろんなことが起っている地球を『火ぶくれ』と表現し、それに日傘で抗う人間の姿を感じて下さい」

風の止んだアーケード街の中に立ち、あまりの蒸し暑さに肩で息をしつつ、手に汗を握って試合を観戦していた私は、垂れ下がる大短冊のこの一句を見て、衝撃を受けた。

数年前に観て、忘れられない映画。ダーレン・アロノフスキー監督の『mother!』を思い出した。どう書いてもネタバレになるのでお手上げなのだが、「母なる地球が、今どのような状態なのか」を訴える約二時間のこの映画。特撮のCG映像を駆使し、俳優たちが渾身の演技を繰り広げ、目一杯伝えようとしたことを、たった十七音の俳句で言い切っている。その事実に感動した。

「今大会を振り返って最も心に残った句は？」と質問すると、叶羽さんは迷いもなく、「名古屋高校Aチームのたこ焼きの句です」と即答した。叶羽さんの「火ぶくれの地球」と対戦した句だ。

たこ焼きの舟を受け取る日傘かな

三浦英雄　名古屋高等学校A

いい句だな、好きな句だなと、心から思える作品と対戦できた喜び。嬉しかったと言い切れる心根。ディベートの楽しみを味わい尽くした人にだけ与えられる特権だろう。

ベスト8のリーグ戦へ駒を進めた伯方分校は、休む間もない。スポーツの大会と大差のない厳しいタイムスケジュールだ。

次の試合に向けて、テキパキと檄を飛ばす叶羽部長。チームメイトたちは水分を取りながら、汗を拭きながら何度も何度も頷いている。

「大街道で試合できるのはこれが最後。伯方の強みは、発想の飛躍。精一杯楽しんでお互いを高め合えるディベートにしよう！」

対戦相手は、俳句甲子園の常連校、愛知県立幸田高等学校だ。

先鋒戦、次鋒戦と白の強豪幸田高等学校チームが連取し、赤の伯方分校はもう後がない。

胎内の呼吸へ還る草いきれ　馬場叶羽

「『草いきれ』の季語の持つ熱気や息苦しさ、瑞々しさは、まるで母の胎内のよう。『呼吸』から、吸って吐く動作や、原初的な人間の本能を感じて下さい」

叶羽さんの鑑賞の言葉を聞いて、思わず一人の母親として泣きそうになった。息苦しく熱気に満ちた試合会場の隅で、叶羽さんのお母さんもこれを聞いていることだろう。「もう大人ですから、直接本人に何でもお聞き下さい」と話された、お母さんの声が蘇る。

迷いもホームシックもなく、留学の夢を叶えて好きな伯方島の自然の中で、俳句に打ち込んだ叶羽さん。三年間の集大成がここにあった。

結果は白三本、赤二本で試合終了。伯方分校の敗退が決まった。叶羽部長の顔は、潮風に吹かれ進む船のごとく堂々と美しい。俳句甲子園には、勝敗以上に大きな感動が、各会場に次々と生まれるのだと実感する。

おまけの一場面。

翌日の決勝リーグと決勝に先だって行われた敗者復活戦のステージ。

俳句甲子園の敗者復活戦は、審査員長との一問一答によって争われる。舞台に立ったチーム代表は二人。一人は披講（声に出して俳句を読む）、一人は質疑応答を担当する。代表選手の前には、十三人の審査員長。普段は、憧れの対象でしかない錚々たる俳人たちから、直接質問を受ける。ピリピリした緊張感が千人が埋めつくすホール全体に広がる。

いよいよ、伯方分校が登場する。叶羽さんの表情は落ち着いている。審査員長の中原道夫先生とのスリリングな質疑応答。鋭い質問に対して、清々しく的確な答えを繰り出す叶羽さん。

その姿を目の当たりにして、すっかり勇者叶羽のファンになってしまった。王蟲の群に独り立ち向かう、『風の谷のナウシカ』のナウシカのような強さといじらしさに、胸がキュンとした。

水郷の朝の温度の麦茶飲む

愛媛県立今治西高等学校伯方分校

言うことを決めすぎると、ハプニングに対応できずテンパってしまう。言葉の意味だけはしっかりと辞書を見て押さえ、後は臨機応変にいこう。そう決めて臨んだ最終の舞台だった。

結果は、鑑賞点が最高得点。総合点は同率三位で敗者復活に一歩及ばず。「全力を出し切りましたね」との問いかけに、無言の美しいえくぼが全てを語っていた。

長年の目標だった俳句甲子園が終わり、しばらくは力が抜けてしまうことだろう。次の目標や夢はあるのか？　これからも俳句を続けていくのだろうか？

「自然が好き。散歩が好き。進学しても、どこに居ても、一人でのんびりと吟行や句作を楽しんでゆきたい」

俳句甲子園を観戦して、このインタビューを通じて、叶羽さんの俳句留学生活の全てを知り得たわけではない。が、これだけは言える。山や草木や砂、照りつける陽ざし、潮風、嵐の海といった伯方島の風土が、叶羽さんの俳句の中に確かに息づいていること。それを、心から知ることができた夏であった。

下校をうながすチャイムに、私は我に返った。叶羽さんにインタビューしながら、一緒に辿ってきた思い出の旅がもうすぐ終わろうとしている。子供時代に俳句と出会い、目標だった「俳句甲子園出場」を達成するまでの叶羽さんの道のり。何か聞き逃していることはないだろうか。

「俳句をやって良かったこと？ そうですね、俳句の縁が結べた、と実感しました」

叶羽さんにとっては、小学生の頃から日常的にあった俳句。初めて句会に出た時、俳句甲子園に出場した時、俳句にのめり込めた時間がとてつもなく楽しかった。俳句甲子園の応援に来てくれた卒業生や、プレバトで知り合った四人と再会できたのも嬉しかった。それら全てが「俳句の縁」だと、彼女はふっくらと笑った。

記念写真を撮影し、顧問の青野先生にお礼を言って、伯方分校を後にする。しまなみ海道はすでに夕焼けの海。夕日がぐいぐいと海に引かれるように沈んでいく。風に粘り気が出てきている。私はシートに深くもたれて、今日一日を振り返りつつ、頭の中で俳句を作り始める。運転手の夫ニックも、行きの道中よりはゆったりとハンドルを握り、もうすぐ到着するサービスエリアで食べる夕食の話をしている。

バックパッカーの座る泰山木の花　朗善千津

大人になった叶羽さんが、のんびりと一人で吟行しながら、山歩きや神社巡りをしている姿がふと思い浮かんだ。ゆったりと差し出す両手のように大きく白い泰山木の花が、叶羽さんの頭上にいくつも開いている。すらりと伸びた足を木陰に投げ出し、句帖を十七音で埋めていく。印象的なえくぼは健在だろう。いつかどこかの句会で、叶羽さんにひょっこり出会いたい。そうなったらどんなに楽しいだろう。私はそう夕日に願った。

馬場叶羽自選十句　2022年現在

たんぽぽの風を繋いで繋いで海
緑陰を切り取る憩うには広く
家という冬木に住んでいる此の頃
街角の言葉をなぞる蝸牛
型崩れつつも盛夏に在る暮らし
万緑を息継ぎあやふやに習作
風が春でそれから猫を思い出す
帰路を歩く後味は夏果てるまで
陽は落ちて秋風口笛を吹こう
付加価値を知らぬ寒卵を此処に

◉宇都宮《うつのみや》 駿介《しゅんすけ》の巻………浪漫派宇宙少年

2022年、第25回俳句甲子園を、愛媛県の地方大会、全国大会と初めて最初から最後までみっちりと見学した。声が涸れるまで応援した。もらい泣きした。遠くから団扇で、彼らの背に届け、とばかりに扇いだ。審査員になったつもりで、自分なりの採点表もつけた。

そして、愛媛県地方大会を勝ち進み、全国大会出場を果たしたもう一人の高校三年生が、愛媛県立松山東高等学校俳句部のエース、宇都宮駿介君だ。

中学から卓球に打ち込んでいた駿介君は、松山東高等学校でも卓球部と俳句部を兼部しているという。

スマッシュで決められ外はまだ時雨　　宇都宮駿介

「卓球が忙しすぎて、俳句が作れないこともありました」

俳句甲子園で私が見た駿介君の鋭いまなざし。あれは小さな球を逃さず凝視し、隙あらば臨機応変に打ち込もうと身構える、卓球選手の視線だったのかもしれない。

2022年といえば、私は山中湖村から松山に戻ってきたばかり。我が家は、姉のいつきが上人坂に開いた「伊月庵」の隣、旅館の離れ風のちんまりとした小家だ。偶然にも、伊月庵の隣の借家が空いて、姉妹で老後を共に俳句の種蒔きをしながら暮らせるよう、運命の神が導いてくれた気がしたのは、また別の話。

松山市内在住の駿介君のお母さんに連絡を取ると、早速、我が家でのインタビューが実現した。「近くで見てもイケメンですね」駿介君と向かい合って座って、思わず出た私の一言。長い睫毛の下の涼やかな眼、日焼けした横顔。プレバトのDVDそのままに、物腰は上品だ。

持参してくれた、昔のアルバムや俳句や絵や賞状などを一緒にのぞき込む。駿介君は、保育園ぐらいから、チラシの裏紙に言葉を書いて一人遊びしてたのだという。

「にんげんはひとりひとりがたからもの」

これが保育園児のつぶやきか!?

駿介君と俳句を深く結びつけたのは、小学校時代に遡る。それは、月に一回の俳句の授業でも、夏休みの俳句の宿題でもなかった。

「NHKの番組『それいけ！俳句キッズ』です」

小学二年生の時、幼馴染みと一緒に行ったNHK松山局主催の俳句イベント。県内三カ所で地区予選が行われ、そこから選ばれた数人が松山市立子規記念博物館での公開収録に臨む、という番組だった。

子供たちに人気のテツandトモさんらお笑い芸人が番組を盛り上げてくれる。芸人さんに会える！　というのも、子供たちにとって大きなモチベーションだったことだろう。

駿介君が参加したのは、松山市の武道館で行われた地区予選。漢字が分からぬまま、ひらがなで書いて投句したら、入選した。お母さんは、ただただ、びっくりした。


さむくてもかおはかわらんおにがわら　　**宇都宮駿介**

吟行時間は三十分。会場を一歩出たとたん、中庭にあった巨大な鬼瓦と目が合って詠んだ。俳句の宿題とはひと味違っての即吟。ステージへ上がり、スリリングな時間を経験し、一気に俳句が楽しくなったという。

「おにがわら」の句の季語は「寒し」。会場を出て、寒いなあ、と感じる自分を笑っているような鬼瓦。寒くても顔は変わらんのや、と寒さを感じる自分と、寒さを感じない鬼瓦が、季語で繋がった。

『それいけ！俳句キッズ』には挑戦を続け、六年生の時の地区予選では、こんな句を詠んだ。

二十九の階段の先天高し　宇都宮駿介

「細かいところまでちゃんと調べて書いている。三十じゃなくて二十九がいい」

他の人の鑑賞が自分の句を、より良いものにしてくれることを実感した句であり、本選出場を決めた句ともなった。

『それいけ！俳句キッズ』への最後の挑戦。六年生で、最優秀句に選ばれたこの句にも思い出がある。

凍雲やあともう少しで怒る石

宇都宮駿介

本選の吟行場所は、まさに我が家の前の上人坂を登り切ったところにある宝厳寺だった。宝厳寺の境内には、「恕《じょ》」という字が刻まれた丸石がある。「恕」と「怒」が似ているところに目を向けたのがユニークな一句。調べてみると、字は似ているのに意味は反対。「恕」の意味は、ゆるす、いつくしむ、おもいやる。その字が、寒くて低い「凍雲」の下で、怒っているように見えたのだろう。

話を聞いているうちに、馬場叶羽さんとの共通点を発見した。駿介君も、夏井いつきが審査員をしていた「夏休み句集を作ろう！コンテスト」へ応募していたというのだ。他の皆の句を見て、ああ、こういう風に季語と俳句のタネを取り合わせて作るのか、と思ったという。

小学生の時から作句はしていたが、四十句作るのはハードルが高すぎる。このコンテストには、中学生になってから挑戦した。

窓ふけどにごったままの冬景色

宇都宮駿介

拭いても、拭いても、潮がかかるフェリーの窓を見て詠んだ。駿介君らしい観察眼に、冬景色をにごったままだと感じる主観が重ねられている。

駿介君の俳句スイッチが入った瞬間をたずねてみると、

「プレバト出演が起点になった、と感じています。当時、NHK松山局の情報番組『四国おひるのクローバー』に、ショートムービーで一句を詠む『夏井いつきのムービー俳句！』というコーナーがあって、それにも投句していたから、プレバトで写真で一句詠むのに怯むことはなかったです」

番組への出演オファーが来て、句を提出するために、今までになく集中して作った。もっといい句を作りたい、という意気込みが強かった。俳句のレベルが一段階上がったような手応えを感じたという。

私の夫、チェリストのナサニエル・ローゼンの話を思い出した。

「コンクールに出ることは、自分自身を超える一本道である。コンクールの課題曲でドヴォルザークの『チェロ協奏曲』を弾くために、技術と音楽性をマスターしなければならない。オペラや絵画を見て、文学を読んで、偉大な曲にふさわしい教養と芸術性を身に付けなければならない。チェロの実力と人間力を同時に高めていかねばならない。それを身に付けさせてくれるのが、コンクールであり課題曲なのだ」

俳句も同じだと、私は思う。

「番組では、Kis-My-Ft2の千賀さんとの『原爆忌』の季語対決を夏井先生が組んでくれて、かなりドラマチックな展開になりました。収録後、『俳句レベルが高くて良い対決になったよ』と夏井先生に言っていただいた瞬間が忘れられません」

と目を輝かせる。

なぜプレバトの出演メンバーに選ばれたんだと思う?

オリオンやもし国境がなかったら　宇都宮駿介

この句があったからだと駿介君は信じている。これは、坊っちゃん劇場でのミュージカルを見て一句を詠む句会ライブ「俳句を詠もう2018～思いのままに5☆7☆5」で、特選になった句だ。自分なりに手応えのあった句が、手応えどおりに評価される喜びを知った一句でもあったのだ。

プレバトでチームを組んだ仲間のうち、当時、愛媛県在住だった阿見果凜さんと野村颯万君には事前に会うことができたという。ラジオ番組『夏井いつきの一句一遊』とのコラボ企画「TOBE ZOOまじめ句会ライブin 2019」の会場。夏井いつきの夫で夏井&カンパニー社長の兼光さんが、「プレバトに出る子たちを紹介するよ」と声をかけてくれたそうな。ピッタリのタイミングで二人との邂逅がかなうとは、俳句の神様の何と粋な計らいだろう。

第25回俳句甲子園全国大会。

松山市大街道商店街、特設会場Gブロック。「一句入魂」の四文字を背負った緑のポロシャツが、松山東高等学校。スクールカラーを取り入れているのだろうか。シャツの色の違いや、背中のフレーズの違いにも、チームの個性が表れているように感じる。

対するのは、赤いTシャツ、胸に校章、背に東寺瓢箪池の鯉と五重塔。俳句甲子園の常連校、京都の洛南高等学校だ。

両チームが歩み出て、握手に代えて肘タッチを交わす。松山東は、円陣を組んで「東高！ がんばっていきまっしょい！」との二年生部長のかけ声に、全員が「しょい！」と応えて赤へ着席した。

兼題は「七月」。具体的な映像を持たない季語「七月」に対し、両チームとも季節性のない現象を取り合わせた対戦だ。どちらの二物衝撃がより効果的か、どんな詩になっていったのか、が鑑賞のポイントとなる。

赤　七月の粗砥に出刃の匂ひ立つ　田邊広大　愛媛県立松山東高等学校

白　七月や壁画の民に顔の無し　伊藤琹奈　洛南高等学校

赤の松山東は、「粗砥」と「出刃」という題材の匂いや光などが、季語「七月」と響き合っている、という説得力のある鑑賞を展開して好発進。

続いての白の洛南の句に対して、駿介君の質問の手が挙がる。

「『顔の無し』は、ミロのヴィーナスのように、何かが欠けている美しさを詠みたいのかと思いました。七月と取り合わせた効果はどこまであるのでしょうか？」

「たくさんの人がいて、全員顔がない光景は見えてきます。しかし、『民』という表現で無名の人々のイメージはぶれませんか？　もっとふさわしい言葉はないでしょうか？」

「『顔の無し』という表現から、顔嵌めパネルのようなものもちょっと見えてしまって、顔だけに焦点を当てることは、どこまで効いているのでしょうか？」

松山東の俳句部は、高校に入ってから俳句を始めた部員が圧倒的に多く、駿介君の句歴が一番長い。俳句の技術的な部分から攻めるのが俳句甲子園のディベートの定石。一句のどこを攻めるべきか、駿介君にはよく見えている。

行事から「そこまで！」の声がかかる。質疑応答は一人三十秒ルール。たった三十秒で俳句が語れるのか？　という意見もあるだろうが、「三十秒で要点を語る」からこそ集中力が発揮され、スピーディーな展開に観客も息をのむ。

審査員は、一人10点満点の「作品点」と、1~2点の「鑑賞点」を持つ。（2022年現在）行事の「判定！」の号令に合わせ、赤三本、白二本の旗が挙がり、大きな拍手が湧き起こる。赤の松山東が先鋒戦を勝利した。

白の洛南に旗を挙げた審査員長岸本尚毅先生の講評を、マスクの上の真剣な眼が食い入るように聞いている。

「あたかも真夏の収穫期の農民の姿のような無名の民、つまり顔も無く、名も無い壁画の中に描かれる人々は、壁画に描かれることにより一層無名性が際立ってくる。切れ字の鋭さもあって、白チームの句に挙げました」

選手たち、審査員、スタッフ、試合を取り囲む観客、会場全体が白いマスクに顔を半分隠す人々である。岸本先生の「無名性」の解説を聞きながら、コロナ禍のマスク世界に通じる句なのでは、という深読みの感想も抱く。無名性について考える機会など皆無の日常から、ディベートの海へ飛び込んで目が覚めた。何と素晴しい大会ではないか。

残念ながら、松山東は予選トーナメントへ駒を進めることはできなかったが、ハイレベルのディベートの応酬を観戦することができた。印象に残った駿介君の句は、Gブロック第三試合の先鋒戦。

赤　**もう日傘さすころ人を許すころ**　**宇都宮駿介**

白　**ペンギンの行列を追ふ日傘かな**　**三浦凪沙**　**山口県立徳山高等学校A**

私は、観客席の後ろで試合のスコアをノートに取っていた。どちらも違って、どちらもいい。これに優劣をつけ、赤か、白か、旗を挙げなくちゃならないなんて、審査員にとっても選手にとっても、嗚呼無情だ！

赤の句は、ころ〜ころの繰り返しのリズムが、日傘越しの光の優しさを物語る。白の句は、ペンギンのふわふわ歩く速度と、日傘を差して追いかける速度が絶妙。楽しいBGMが聞こえてきそうなリアリティー。どちらも作品点9点をつけたいぐらいの佳句だ。

残すは鑑賞点の行方のみ。両チーム共に的を射た質疑応答が飛び交う。

赤「『追ふ』という動詞によって、ペンギンや日傘の持つ楽しいリズムよりスピード感が出てしまうんじゃないか？」

白「『追ふ』という文語表記が、ゆったりとした印象を醸し出している」

白の句の魅力である「ペンギンや日傘の持つ楽しいリズム」をよく理解した赤の質問もお見事だが、「待ってました」とばかりの、白の鮮やかな切り返しに感心した。

一句を大切に、さぞ入念に準備したのであろう。両チームのディベートの応酬を聞いて、もし自分が審査員ならば……と、悩みつつ頭の中で、白に鑑賞点1点を追加した。私なら、白に旗を挙げるか……。

結果は、白三本、赤二本の旗。白チームに軍配。

敗れはしたが、私は駿介君の句に涙ぐむ。還暦を過ぎた私の年代なら、このような句も詠むだろう。だが駿介君は高校三年生。子供の頃から俳句に親しんでいなければ、このような境地は生まれないと思う。日傘を通し見る夏の日の柔らかさ、人を許す心の透明さ。季語に心を託して詠み、俳句にすることで心の滓を浄化する。そういう作業を自然な形で続けてきた俳人ならではの実感の一句なのだと思う。

俳句をやってきて、良かったことは？

「周りのものをよく観察するようになりました。プレバトのメンバーと切磋琢磨しながら友情も続いています。そして、俳句甲子園で対戦したライバルたちからは刺激を受け、志が高くなりました」

清々しく語る駿介君。きっと人生の力になっていくだろう。

俳句甲子園での駿介君の沈着冷静な分析家のような戦いぶりから、私は勝手に将来は、法律家、あるいは警視庁のプロファイラーか、などと空想していた。

「昔から宇宙に憧れがあって、宇宙飛行士は無理でも、それを支える人になりたい。ロケットを作る仕事をしたいです」

この言葉を聞いた瞬間、私の中に先の「オリオンやもし国境がなかったら」の句が思い浮かんだ。天文の季語が大好きで、『宇宙兄弟』という漫画も好き。駿介君の宇宙愛から生まれた一句だったのだ。

ふつ切れてすつ飛んでゆく凧《いかのぼり》　朗善千津

「凧」が春の季語と知ってから、憂鬱に感じていた春が一気に好きになった。「いかざき大凧合戦」に初参加した時、青空に吸い込まれるように、勇んで飛んで行く凧になりたいと憧れた。私の娘達の小さな凧の糸が切れて飛んで行ってしまった時も、泣いている子供をあやしつつ、心の中で「いいぞ、どこまでも飛んで行け」と声援を送っていた。駿介君には少年の頃の夢を持ち続け、ロケットを作る人になって欲しい。そのロケットを地上から見送る満足感を味わって欲しい。

宇都宮駿介自選十句　2022年現在

風船は手放すものと教はりぬ
囀や襖絵の山遥かなり
もう日傘さすころ人を許すころ
点字ブロック片蔭を抜け海へ
ゑのころや民宿の灯のやはらかく
原爆忌今日も明日も通る道
十二支に孔雀入れたし居待月
残菊は揺れない一度決めたこと
二ページで終わる戦争鰯雲
オリオンやもし国境がなかったら

◉阿見果凛《あみかりん》の巻……家族がライバル

阿見果凛さんとは「初めまして」ではない。新緑の日比谷公園、ネモフィラの青い小花の揺れる松本楼にて催された第一回「おウチde俳句大賞」表彰式会場での出会いが初対面だった。私は、『伊月庵通信（夏井&カンパニーが発行する季刊誌）の現地レポート取材で参加していたのだ。

阿見家は、果凛さん（俳号・幸の実）、お父さん（俳号・あみま）、お母さん（俳号・めぐみの樹）の三人で揃ってご出席。ラジオ番組『夏井いつきの一句一遊』などで度々耳にする俳号で、「いつき組」ではおなじみのご一家だ。

「抽選で当たって、松本楼へ行ったんです。ラッキー！」

と、ピースする果凛さん。私もだんだん思い出が蘇ってくる。「おウチde俳句大賞」表彰式には、「おウチde俳句くらぶ」会員のための抽選席があるのだが、お父さんと果凛さんが当たって、お母さんは果凛さんの付き添いで参加していたという。なんと運の強いご家族か！

「そういえば、第一回の会場には、プレバトメンバーの水野結雅君も、台所部門の優秀賞に選ばれて、お父さんと出席していたよね。句会ライブで女の子に応援されて、嬉しそうな顔してた！」

「その女の子、私です」

と自分の顔を指さし、くすくす笑う果凛さん。プレバトメンバーは、やはりどこかで出会う運命だったのだ。

プレバト収録の時も一家三人で参加したという。いつも一緒の親子である。お父さんは感激を語り、お母さんは興奮を語った。果凛さんは、収録の全てを楽しんだ様子。

「衣装は、百人一首をテーマにした映画『ちはやふる』みたいなイメージの袴にしましょうと、テレビ局が用意してくれました」

「髪型もくるんと巻いてもらったり、まっすぐに直したり、その横の鏡に皆藤愛子さんがいたりして！」

「楽屋弁当は四種類あって、『肉の弁当』を選びました」

「カメラがたくさんあって照明がぴかあっと、スタジオが暑くて、収録時間は予想より短かった」

「生で見る千原ジュニアさんが大きかった」

番組のＤＶＤを見ながら、果凛さんの解説を聞いていると、ついつい時を忘れそうになる。

インタビューに移ると、家族皆さんが口々に答えて下さる。

「『阿見』という苗字は珍しいですね。名前の『果凛』は、秋の季語『榠樝の実』にも通じて素敵です」

「阿見姓は、栃木県宇都宮市の電話帳に三十軒ぐらい。茨城県に阿見町という地名がありますがルーツかどうかはわかりません」

「果凛は、阿見とのバランスを考えてつけてもらいました」

「さぞかし幼い頃から利発で、活発なお子さんだったのでしょうね」

「いえいえ。二歳半でほとんど喋らず、祖父母も心配していました。おしゃべりの教室を勧められましたが、今は言葉を聞いて溜め込んでいる時期だろうと様子を見ていたら、幼稚園に入った途端爆発的に喋り始め、今に至ります」

赤ちゃんの頃から食が細く、部活を始めてから食べるようになった。小学校の六年間、水泳と器械体操を両立させてきたという。四泳法をマスターし、バク転を覚えた。

中学からは陸上部に所属している。

健康のことも考えて、ご両親はスポーツに打ち込む果凛さんを応援してきたに違いない。きっと根性も人一倍あるのだろう。そんなスポーツ少女が、いかにして俳句と出会ったか、益々興味津々だ。

北海道、千葉、大阪、とお父さんの転勤は止まらない。松山へ引っ越したのは小二の春。転校する時、道後小学校は転勤族も多いので、二年生から入ってもなじめるでしょう、と励まされた。

道後小学校では「日々のできごとを俳句にしてみよう」と季語のリストを渡された。まごまごしていると、他の子は迷わずさらさら書いている。それが俳句との出会い。うまく作れないもどかしさ、悔しさが、記憶に深く残った。

「初めて作った俳句は、闇に葬りたいです……」

と口ごもる果凛さんから、やっと聞き出した。

春風や太陽わらう犬ほえる　阿見果凛

闇に葬るほどの句ではない。切れ字あり、擬人化あり、動物あり、季語の「春風」も楽しい。これが「果凛俳句の黒歴史」なら、とその後が楽しみになる。

小学二年の六月。家族で「蛍を見に行こう」と出かけた。思えば、それが初めての家族吟行。

はつほたるひそひそ夏をよんでいる　阿見果凛

「今なら『季重なり』とか考えちゃうけど、当時は楽しんでのびのびと作りました」果凛さんの俳句の宿題を応援する形で、ご両親も俳句に出会ってゆく。

小二の八月、家族で初めて俳句甲子園を観戦。浴衣に下駄を履いてパタパタ見に行くと、ちょうどその年、『プレバト!!』の特待生対優勝校とのエキシビションマッチが行われていた。「熱気がすごくて、感動しました」と果凛さん。以降、俳都松山で催される俳句イベントに一家で出かけるようになる。

NHK松山局制作の公開収録『俳句王国がゆく』には、坊城俊樹先生、壇蜜さんの他に、お父さんと同郷の栃木出身のお笑い芸人U字工事さんが来ると聞き、張り切って参加。どさっと渡されたチラシの中に、『それいけ!俳句キッズ』の案内があった。四国四県の小学生が、俳句で対決する公開収録の番組だと知った。

果凛さんの「出てみたい」の一言で、NHK松山局が開いた香川県での俳句教室への参加を決める。四国四県対抗ということで、愛媛以外の三県では、事前に「親子で学ぶ俳句入門講座」が開かれていたのだ。「高速で、びゅーんと!」走って行き、「鑑賞がすごくいいね」と褒められ、自信をつけた。

『それいけ!俳句キッズ』の公開収録では、野村颯万君に出会った。「おっ颯万、今日は最優秀句を狙ってる?」との夏井いつきと颯万君とのやりとりに圧倒された。

翌週、別の句会ライブに参加。特選七句に入り、「先週もいたよね? 俳号は? ああ、幸の実ちゃん」と、組長に顔と俳号を覚えてもらった。

あと五だん今百十だん寺の春　阿見果凛

句会ライブでは、自分よりも小さい子が、句を鑑賞してくれたことも印象深かった。

ラジオ番組『夏井いつきの一句一遊』は、月～金の帯番組。同じ兼題に挑んだ俳句が紹介されていくのだが、月曜日はボツに近い句、火曜日が凡人の句という具合に紹介され、金曜日には特選句が発表される仕組みになっている。

俳句の世界へどんどんと足を踏み入れていた阿見家では、皆が『一句一遊』にも投句していた。「二年生で、お手紙をつけて俳句を送ってくる、幸の実ちゃん」と、果

凜さんの俳号がラジオから流れてくるのを、お父さんは、営業車のハンドルを握りつつ楽しみに聞いていた。果凜さんの句が、二週連続で金曜日の特選句に読まれた時、「大人が口出しして、子供の句を直しちゃいけないんだ」と、お母さんは胸に誓った。阿見家全員が句友でライバル。句作や投稿はゲーム感覚で家族でハマった。

まずお母さんが、夏井いつき監修の『時鳥の歳時記』に入選すれば、「負けないよ」と果凜さんは同シリーズの『月の歳時記』に挑戦。投句〆切日、水泳教室を終えたベンチで、最後の瞬間まで粘って葉書を書き、帰りに中央郵便局から投稿した。その句が見事入選。カラーページに堂々と掲載され、果凜さんの代表句となる。

満月やアリクイの子の仁王立ち　阿見果凜

珍しい動物と月で詠みたかった果凜さん。アリクイのことを調べているうち、「仁王立ちしている写真が多いぞ」と気づいた。威嚇のポーズだと知る。満月に照らされつつ、小さいながら懸命に威嚇するアリクイの姿が一句となった。

こんなエピソードもある。やはり家族三人で参加した「俳都松山×俳句ポスト50周年～秋高し俳句ポストの五十年～」。会場では、俳句ポストにまつわるクイズを楽しむ企画もあった。参加者全員が立ち上がり、クイズの答えを間違えた人から順々に座っていく。最後の四人に果凜さんが残った。

舞台上の夏井いつきの「一番若い人に賞品をあげよう！」との声に、すかさず、果凜さんが「九歳です！」と答えると、「あ～、ダメだ」と、残りの大人が一斉に座り、会場は大爆笑となった。

その時夏井から、「あなたが一番好きな自分の句は？」と聞かれ、「満月やアリクイの子の仁王立ちです」と答えた。すると、イベント後には、「幸の実ちゃん、『月の歳時記』の入選おめでとう」「アリクイの句とても好きだったよ」と俳号を覚えてくれた周りの大人たちが口々に、声をかけてくれたという。

「俳句の世界はたった一句で繋がるんだなって、初めての実感でした」

好きな俳人は正岡子規で、「学校であったことを日記みたいに書くのが好き」という果凜さん。日記をどんな風にして詩の言葉にしているのだろう。

「平凡な十二音のつぶやきに、面白い季語をくっつけるのが楽しい」

始めた頃から歳時記をめくって、知らない季語を探すのが好きだった。知っている季語だけだと、ワンパターンの俳句になることに気づいたという。学校の授業では、「取り合わせ」の技は教わらない。俳句が作れなくて苦しんでいる友達に、「取り合わせ」の基本型を教えてあげたこともある。

松山では名の知れた俳句キッズとなった果凜さんは、NHKから民放まで取材を受けるようになった。「俳句で入賞した賞状を並べてみて下さい、と言われてやってみたら、こんな感じでした」と、ずらりと賞状の並ぶ写真に驚いた。句歴や出演歴のリストも8ページにも及ぶ。これは中途半端な気持ちではやれない。アイドルみたいな果凜さんに、「ド根性」なんて言葉は似つかわしくないかもしれないが、普通の根気ややる気で成し遂げられるものではない。スポーツは記録との闘い。俳句も同じ感覚でコツコツと詠み、着々と上達し、褒められる度にすくすくと伸び、俳句で出会う人々とのふれあいも栄養にして、逞しく育ってきた少女なのだ。

果凜さんにとって、俳句甲子園とは？

「出たい！　出たいです！」

俳句甲子園という目標も、スポーツと俳句の両立するための大きなモチベーションとなっているのだろう。俳句甲子園は生で見学してみると、チーム一丸となってどんな球も粘りで拾っていくバレー部のようでもあり、一瞬の隙をついてスマッシュを決める卓球部のようでもある。私自身、俳句甲子園は、Ｅスポーツならぬ、Ｌスポーツだと実感している。Ｌは「literature（文学）」のＬ。

第25回俳句甲子園では、プレバトで共に戦った仲間のうち、馬場叶羽さんと、宇都宮駿介君が全国大会に出場。他の三人も応援に集まった。プレバト出演から三年が経ち、最年少の小学四年生だった果凜さんは、中学一年生。左右に控えるご両親ともども、スニーカーで歩き倒す気満々のようだ。

大街道商店街アーケードの全長４８３ｍを使って展開される8ブロックの予選リーグ。叶羽さんの出場する今治西高等学校伯方分校の試合と、駿介君の出場する松山東高等学校の試合の両方を応援するために、行ったり来たりしていた私は、果凜さんと何度も何度もすれ違った。そのたびにテレビ出演の時のキュートなスマイルで、ぴょこん、ぴょこん、とお辞儀してくれた。三年後は、この地で戦っているのだろうなと眩しく眺めた。

果凛さんにとって俳句の魅力をたずねてみた。

「俳句で心が一つに繋がることです。一句一句を読んでいくのが面白い。自分の読み方次第で、俳句がいろいろふくらんでいくのが面白い。句会ライブで、自分が鑑賞をした後に、その句を応援する拍手が増えていくのが気持ちいい」

果凛さんの俳句スイッチは一つではなく、これまでに、ご家族と一緒に、俳句の階段を一段ずつ上ってきたのだろう。

俳句を一緒に楽しむことは「家族の絆」を強める。阿見一家の存在こそが、何よりの証明だと思う。そして、句友はいつもどこかで繋がっている。颯万君が、「いつき組中学生会始めます!」と、ラジオ番組『夏井いつきの一句一遊』の投稿で呼びかけると、果凛さんが真っ先に、「入ります!」と手を挙げた。果凛さんの友人や結雅君も加わって、「めぶき句会」もスタートした。「いつき組中学生会」は、現在は「いつき組中高生会」となり、大きくその輪を広げている。

最後に、2024年「あしらの俳句甲子園」での、果凛さん一家の目撃情報を。

「あしらの俳句甲子園（旧・まる裏俳句甲子園）」は、「俳句甲子園」を身近に感じられるイベント。子どもから大人まで、高校生以外を含んだ三人チームなら誰でも参加でき、俳句甲子園さながらの対戦が繰り広げられる。果凛さん一家の初参加は、俳句と出会って間もない2018年。インタビューでは、当時の「まる裏俳句甲子園」初参加の感想を、

「子供向けの大会かと思って出たら、ガチの大人がたくさんいた」

と大笑いしていた。

そんな「あしらの俳句甲子園」だが、2024年、なんと阿見一家のチーム「辞令は突然に」が、見事本戦出場を勝ち取ったのだ。その経緯も、敗者復活戦で、果凛さんがトランプの最も大きな数を引き当てる、というドラマチックな展開で会場を沸かせていた。私も前夜祭から

参加していたのだが、一家三人三様の個性的なディベートが印象的で、ガチの大人と戦う一家の姿を感慨深く観戦した。

果凜さんが俳句甲子園の全国大会に出場する年には、また応援に行きたい。決勝戦に出場する姿を、コミュニティセンターの客席で応援したい、との気持ちが湧き上がってきた。

そして みな大人に俳句甲子園　朗善千津

今回の俳句キッズへの取材は、まさに「そしてみな大人に」なっていく過程をたどる旅。ますますこの後の取材にワクワクしてくる。

阿見果凛自選十句　２０２２年現在

満月やアリクイの子の仁王立ち
あみださま甘くにおいて休暇果つ
初桜きょうこうえんでまっとるけん
ホワイトタイガー目は夜明け色夏の雨
早緑の電車まっすぐ夏雲へ
よくしなう飛び込み板や風しずか
薄青をしずかにすすむ平泳ぎ
お団子のタレたまるとこ秋日和
歯にひじき挟まっている五時間目
春疾風きょうで最後のランドセル

◉水野結雅《みずのゆうが》の巻………心を紡ぐ詩人

校庭の真中に枯葉デジャヴめく　朗善千津

今回はいきなり私の一句から失礼。

再びしまなみ海道をニックとドライブして、伯方島へやって来た。そしてまた、愛媛県立今治西高等学校伯方分校の校庭に立っている。前回は夏の終わりだったが、今は冬の初め。校庭の外の岸壁に打ち寄せる波音も寒く、校庭の真ん中では枯葉が小鳥のように羽ばたいている。

この場面どこかで見たような、と詠んだのが掲句だ。あれは、どこか寒い広場だった。「海に杭打ちて建てたる東風の街」そうだ、早春の高潮に浸されたヴェニスの宮殿広場だ。鳩たちが下りる場所を失い、羽ばたいていたのだった。俳句と共に、記憶がリアルに蘇ってきた。

さて、二度目の伯方分校も、馬場叶羽さんにインタビューした俳句部を訪ねた。今日は、伯方分校へ「地域みらい留学」を希望している受験生たちが参加する学校説明会。なんと、その説明会に水野結雅君が参加すると聞いておとずれたのだ。叶羽さんが、後輩部員へ俳句甲子園実戦のコツを語っている。私も、結雅君たちと一緒に耳を傾けた。

「最初は緊張して、目の前にいる対戦相手しか見えませんでしたが、観客の方々や顧問の先生など周りが見えてきた頃から、集中しつつ落ち着いて、自分の試合をすることができたように思います。だから、『緊張したら周りを見回して下さい』と言いたいです」

貴重なアドバイスだなと頷く。私事だが、中年になってスキーを始めた頃を思い出した。最初は、がちがちに固まって、自分の足元しか見えず、すぐに転んでいた。スキー板の扱いや速度に慣れてくると、周りの林や、先々の道筋を見ながら落ち着いて、リズムよく滑れるようになった。緊張は視野を狭くする。逆に、視野を大きくすれば緊張がとれる。

説明会後は、いよいよ結雅君とのインタビューだ。まずは名刺の交換から。『プレバト!!』でフジモンさんに渡していたアレだ。大きく「水野結雅」、その横に顔写真と生年月日。「俳句をつくるのが好きです。よかったらうらの俳句を読んでください」

名刺の裏を見ると、あるある。ズラリと並んだ俳句たち。

溢れ出す詩の言葉たち。実感にドンピシャの言葉を当てはめて楽しむ句。好きな言葉を組み合わせて化学反応を楽しむ句。さまざまな方法で句作を楽しみ、言葉で遊んでいる。スポーツやゲームなどなど、中学生が熱中するものはさまざまなのだろうが、結雅君にとっては、俳句が夢中になれるものなのだろう。

結雅君は、細身の体が地面から一センチぐらい浮いているのかなと思う程、重力を感じなかった。眼が大きい。だがその眼は常に半分閉じられている。口元に仄かに浮かぶ微笑みは、聖徳太子の絵姿のよう。白い紙に鉛筆でスケッチしてみたくなった。心の中に柔らかい鉛筆で線を重ねてスケッチするように、その印象を心に留めた。

まずは、俳句留学の先輩である叶羽さんの俳句甲子園での戦いぶりについて聞いてみた。

「馬場さんのように堂々と戦えたらいいなと思います」

前に出ることに恥ずかしさがある、という結雅君。結雅君のお父さんは、第18回俳句甲子園の優勝校である名古屋高等学校チームの顧問。小学校の一年生ぐらいから、お父さんに連れられて、俳句甲子園を何度も観戦してきた結雅君だが、自分が出場するとなると、不安と期待が半々なのだろう。

初めて見た時は、ディベートの迫力のすごさに圧倒されたそうだが、俳句の内容が少し分かると面白くなってきて、何度も観戦しているうちに、「僕も出てみたい」という気持ちが少しずつふくらんできたという。

第25回の俳句甲子園では、進学を希望している伯方分校チームと、名古屋チームとの対戦を見守ることになった。

「馬場さんのディベート力がすごいと思いました。両チームのディベートを見て勉強させてもらいました」

結雅君の俳句との出会いは、保育園の年長の時まで遡る。お父さんの勤務する名古屋高等学校の文学部に俳句部門の活動が加わったのだ。（正式には「文学部」だが、以下「俳句部」で統一する）「俳句甲子園というのがあるよ」と、俳句甲子園常連の強豪校、愛知県立幸田高等学校の先生に教えてもらってのスタートであった。

全国大会初出場で「俳句甲子園のすごさ」を目の当たりにして、「目標俳句甲子園！」を合言葉に部員が一つにまとまり、俳句スイッチが入ったという。俳句甲子園で優勝後、地方大会で負けた時は、男子高生全員がわんわん泣いた。

その隅っこにいたのが結雅君だった。そして、お父さんに誘われる。

「どうせそばにいるのなら、一緒に俳句やろう」

一緒に俳句をやろうと親が誘っても、子が受け入れてくれるとは限らない。子供が俳句の宿題を手伝ってと頼んでも、自分でやんなさいと、一緒にやってくれない親もあるだろう。結雅君は、どんな風にして俳句に興味を持ち始めたのだろう。

お父さんに連れられて、俳句部員と一緒に吟行した。句会にも参加した。誰かに句を採ってもらって、一点でも入った時、嬉しさがこみ上げてきた。

そして、高校の部活動で父が始めた短歌も、また一緒にやることにしたという。

「どっちも好きになりました。俳句ばかり作っていて、たまに短歌を詠んだ時、ああ、短歌もいいなと思います」

高校生以下限定の「第1回短歌研究ジュニア賞」（短歌研究社主催）では、高校生を抑えて応募者1521人の頂点に立った。中学校一年生の時だ。

向こうから握手されそうなひきだしの奥に右手をそっとさし出す　水野結雅

日常的に使う机の引出しの奥の暗闇から、握手の手が出る。一見ホラーのようにも解釈できそうな短歌。だが「握手されそうな」の言葉に親しみが溢れる。「そっと差し出す」右手にも、他者と繋がる期待や喜びが滲む。誰でも、自分の引出しには宝や秘密を隠していたはず。引出しは結雅君のこころ。握手する存在を待ち受けている初々しい心の吐露だろう。

ものごころついた時から、俳句コンクールには応募していたという。四十句で句集も作った。句集のタイトルは、「不器用」「氷砂糖」「鈍行」。タイトルだけで、彼の個性や生き方、詩人としての方向性も見えてきそうだ。結雅君は、日記代わりに俳句や短歌を詠んできたのだろう。

2019年は、「第1回おウチde 俳句大賞」にて、大人に交ざって優秀賞を受賞。「おウチde俳句大賞」は、「どこに居ても、いつだって俳句は作れます！」を合言葉に、家の中を題材に、リビング、台所、寝室、玄関、風呂、トイレなどの場所ごとに俳句のタネを探して一句詠むというユニークなもの。「俳句のタネ」を見つけるのが日常である結雅君にはぴったりだ。

もがりぶえひょうはくざいのにおいかな　水野結雅

台所でふきんを洗っている時に聞こえてきた季語「もがりぶえ」。「もがりぶえ」とは、冬の激しい風が柵や竹垣に吹きつける笛のような音。寂しいもがりぶえと、「ひょうはくざい」の冷たい匂いと、二物がぶつかって響き合うように感じたのだろう。もがりぶえに誘われ湧き起こる「寂しさ」という感情が、「漂白剤の匂い」と混ぜ合わされて、詩に結晶した一句だ。しかも、この句を読む者の胸には、冬の夜の孤独、洗い物をする少年の手の赤さなどが、すうすうと痛いほどに沁みてくる。己を突き放し、第三者の視点を手に入れ、客観的に写生をすればするほど、言葉は詩という電気を帯びてチカチカとまたたいてくる。そして、世に出た句は、他者の共感を得て、自分の手に戻ってくる。それを繰り返しながら、結雅君は一ミリずつ世界と繋がる経路を開いていったのに違いない。自分の個性を持ち味として表現する方法を、詩歌の世界で学んでいったのだろう。

最近（2022年）では、「南風」「いぶき」などの結社の句会やズーム句会にも参加して、自分の知らない言葉に出会ったり、知らない俳句の作り方を学んでいる。大人の人と一緒に句会を始めてから、少しずつだが成長の手応えを感じているという。子供用の歳時記を卒業し、普通の歳時記を使うようになった。

一緒に切磋琢磨するお父さんの句で好きなのは、「伊藤園お～いお茶新俳句大賞」で入選した句だという。

汐干狩家族平行四辺形　　水野大雅

潮干狩りの簡潔な写生で、家族の位置関係が鮮明。平行四辺形を形作る家族の絆も見えてくる句だ。

俳句をやって良かったことをたずねてみた。

「俳句をやっていなければ知らなかった言葉や物事を知り、俳句をやっていなければ出会わなかった人と関われて、自分の世界が広がりました。そして自分も前に出ていけるようになりました」

また、『プレバト!!』で出会った叶羽さんが、伯方島の自然の中で俳句に打ち込み、俳句甲子園で堂々とディベートする姿からは大きな刺激を貰い、自分の俳句留学という道を拓いてくれたと語る。

「叶羽さんから、伯方分校におけるのびのびと楽しそうな学校生活の話を直接聞けたことが、伯方分校への俳句留学を選ぶ一番の決め手になりました。そんな学校なら、思い切り俳句も頑張れるんじゃないかな、と希望が湧きました」

同級生の野村颯万君とは、同じ受験生という境遇から仲良くなり、その後も連絡を取り合っている。インタビューの後、学生寮の見学を終えると、颯万君親子とお好み焼きを食べに行く約束をしているそうだ。颯万君が呼びかけた「いつき組中高生会」による「めぶき句会」には、プレバトメンバーから果凜さんと結雅君が加わった。彼らの句縁は益々広がってゆくに違いない。

後は伯方分校に合格して、俳句部に入って、俳句甲子園に出場するのみ。

「まずは合格したい。俳句に関しては少し自信があります。ただ、性格が内気なので、相当ディベート力をつけなくてはダメだ、とも思っています」

と、力強く語った。俳句甲子園を知り尽くしたお父さんの言葉も熱い。

「俳句甲子園に勝つために必要なディベート力は、人間的な成長も促します。対戦の中で、相手の句やディベートに寄り添って、共に成長しながら一句を完成させていく、美しい共同作業です。大人になるために必要な全てが学べますよ、俳句甲子園は」

下校のチャイムが鳴り始めた。合格すれば寮生活となり、親子が離れて暮らすことになる。「正直な話、寂しいです」と、お父さんは、白いものの交じり始めたあご髭を撫でる。結雅君の学童後も、一緒に勤務校に戻って仕事を終わらせる二人三脚の生活の中、必ず一緒に食事をとっていたのだという。「不安も寂しさもありますが、新生活への期待が大きいです」と結雅君。離れてみて初めて、お互いを想う句や歌が量産されるのかもしれない。

次回の俳句甲子園で、伯方分校の結雅君が、お父さんの名古屋高校や、颯万君の高校と、全国大会で対戦している場面を眼に浮かべる。一から俳句部をスタートさせた顧問と、それを見てきた息子が、一丸となって成長してゆく。まるでスポ根青春ドラマみたいではないか。私の心も熱くなってきた。

２０２４年春分の日。松山市立子規記念博物館で行われた、俳句甲子園へ向けての「四国地区吟行・合同練習会」に、審査員として参加していた私は、結雅君に再会した。そして、この練習会で伯方分校俳句部が合同チームを組んだのが、なんと颯万君が在籍する今治西高等学校であった。まさか、同じチームで奮闘する二人を見ることが叶うとは……。嬉しい驚きの一日となった。

春の星低きバラック小屋灯る　水野結雅

花吹雪くフェンスをよじり抜ける島　野村颯万

試合後、「伯方島から出ての試合は緊張しましたが、学びが多かったです！」と結雅君。伯方島で充実した生活を送っているようだ。

「家を離れて一年。はじめは不安もあったのですが、友達もできて楽しいです。寮の先輩が優しくて接しやすくて、ご飯も美味しい！　俳句部では水曜日に句会をやり、金曜日に鑑賞などディベートの練習、島の中で吟行もたまにやっています。父は、ぼくから返信が来なくて、寂しい、寂しいと言ってますが……（微笑）。伯方分校への俳句留学を選んで良かったです」

肩組んで二人三脚冬ぬくし

朗善千津

文字通り一回り大きくなった結雅君の姿を眩しく眺めながら、あの日の学校説明会で撮らせてもらったがっちりと肩を組む父子のツーショットを思い出した春の日であった。

水野結雅自選十句　2022年現在

鼻曲がるペルシャの王や唐辛子
天びんのつり合つてゐる彼岸かな
どら焼きのあんのはみ出る秋の暮
チョコレート斜めに割れて息白し
クリスマス電子レンジに父の皿
啓蟄や竪穴住居もっこりと
ヒヤシンス視力検査の待ち時間
見わたせばつつじの道となつてをり
地下鉄の路線図蟹の脚長し
鈍行は僕の生き方かぶと虫

◉野村颯万《のむらそうま》の巻……友情の輪の仕掛け人

これまで登場してきた四人の話題に必ず上っていたのが野村颯万君だ。叶羽さん、駿介君、果凜さんは、句会ライブや表彰式で見た「元気いっぱいの颯万君」を語り、結雅君は『プレバト!!』で出会って以来「颯万」「結雅」と呼び合うほど仲良くなったと話した。

いつぞや、姉夏井いつきが、道後「伊月庵」で（いつき組の花守会の句会ライブだったか）全世界の組員さんへ向けて生配信をしていた時、颯万君の顔が隅っこにたびたび映り込んでいた。いかにも人懐こそうな笑顔。Tシャツにジーンズ姿で庵の中を歩き回ったり、ごろりと腹ばいになって句をひねったり。のびのびと自然に楽しむ姿が印象に残っていた。

颯万君の夏井いつきとの出会いは、三歳だった。

おひさまかるくそうまはおもくおはなもわらってるね　　野村颯万

颯万君三歳の人生初投句。地元の今治市立美須賀中学校体育館で行われた「お城と花と五七五句会ライブ」にて「子ども賞」を獲得した一句となった。

この句会ライブに参加していたのが、南海放送ラジオ『夏井いつきの一句一遊』のプロデューサーであるやのひろみさん。やのさんの『やのひろみ公式ブログ』には、当日の様子が、次のように記録されている。


彼は今日体育館で誰よりも走り、誰よりも声を出しはしゃぎまくっていた。

お父さんに抱っこされた時に、「おひさまはかるいね、そうまは重いね」と言ったそんな彼の言葉をそのまま書き留めた作品。

なんとも温かい空気を放っているではないか。

おめでとう、そうま。


颯万君は、三歳にして「いつき組」ちびっこ俳人となったのだ。俳句の表彰式に、幼稚園児俳人の姿が見られるようになる。

「せっかく夏井先生と撮影していただいた記念写真なのに、颯万だけ全部ピントがブレブレで……」

とはお母さん。幼稚園児の彼が、いかにじっとしていなかったかは想像に難くない。

野村家の俳句キッズは颯万君だけではない。姉有花さんと兄建太朗君も俳句を詠む。

「僕たちは幸運でした」

三人の通っていた今治市立桜井小学校が俳句の取り組みに熱心だったのだ。

俳句クラブを作ってくれた校長先生から、

「俳句は五七五でなくてもいいんだよ。取り合わせの技を覚えたら楽しいよ」

と教えてもらった。俳句クラブに在籍した颯万君は、吟行したり、新聞の俳句欄に投句して楽しんだ。

句会ライブに初めて参加したのは、姉の有花さん。「松山で夏井先生の句会ライブがあるよ」と教えてもらい、愛媛大学教育学部附属中学校の素敵な講堂「章光堂」での句会ライブに参加した。有花さんが、その時の経験を綴った作文が賞を受けた。野村家の俳句スイッチが入ったという。

三人の姉弟は、夏井いつきが選者を務める愛媛新聞「集まれ俳句キッズ」コーナーに投句を始めた。今度は誰の句が載るか、どきどきしながら競争で句を詠む。「はなまるキッズ」の句に選ばれると、巻頭に掲載され、組長の選評と図書券がゲットできるので盛り上がった。そして、夏井が選者のNHK松山局『えひめおひるのたまご』や『四国おひるのクローバー』の俳句コーナーにも投句するようになっていった。

有花さんの句が「集まれ俳句キッズ」に初めて登場したのは2008年。新聞のスクラップは、現在3冊目。その他、賞状の入った筒や、盾や、歴代の句集などなど、全てが入った野村家の「俳句箱」を見せてもらった。いや、箱なんてもんじゃない。到底全ては見切れない「俳句つづら」の印象だ。

懐かしそうに捲る颯万君。「ここから野村けんたろうの俳号が漢字表記になってる」などと、スクラップページを指さしながら、記憶をたどっていく。

宿題の終わった後の無月かな　野村建太朗

この頃は自分で作ることが面白くて、人の句を鑑賞するところまではいかなかった。今はこの句の切れ字「かな」の良さがよく理解できるという。

「賞を獲ったり、賞品を貰ったりが楽しかった（笑）。一年間投句してきた句をまとめて『夏休み句集を作ろう！コンテスト』に出すというのもモチベーションになった。最初は四十句作るのが目標。だんだん作った中から四十句を選べるようになっていった」

「夏休み句集を作ろう！コンテスト」は、学校に張り出されていた案内で知った。まず、姉の有花さんが四十句の句集を作って応募。建太朗君と、颯万君もそれに続くことになった。彼らの周りの子供たちにも広がり、お母さんたちが集会所で親子句会のサークルを始める。句座の周りを走り回って遊び、俳句も作る。そんな雰囲気が自然にできあがった。作句力と選句力が足並みを揃えて伸びてゆく。

そんな颯万君に『プレバト!!』出演の知らせが届いた。お題は「夏空と電車」だった。お母さんと一緒にＪＲに乗って、西条市の「鉄道歴史パークin ＳＡＩＪＯ」へ吟行し、俳句ができあがった。

白南風よレールの下の砕石へ　　野村颯万

テレビ局の控え室では、お互いの俳句のどこがいいか、などを皆で話したり、俳句についてのコメントの練習をした。五人が仲良くなって、ウォームアップもバッチリできていたので、本番は落ち着いてのびのびとできたという。

浜ちゃんに「どういう気持ちで？」と聞かれ、鉄道歴史パークで見た「砕石」について語った。一所懸命語りすぎたら、編集でカットされてしまった、と笑う。実際は、テレビ以上に語っていたのだろう。のびのびと語る颯万君の解説をもっと聞きたかったなあと思う。

『プレバト!!』で、「俳句を語り合える友達ができた。いい句をもっと詠みたくなった」という。結雅君とのやり取りだけでなく、駿介君には俳句の相談にも乗ってもらっているという。駿介君が、俳句甲子園全国大会の兼題「草いきれ」で詠んだという「草いきれ始祖鳥ぬつとあらはるる」に憧れている、と熱く語った。

颯万君が、俳句同様ずっと続けてきたのがバスケットだ。

「小学校の一年から中三までバスケ一筋」

姉や兄のバスケの試合を見て育ち、バスケをするのが当たり前の生活。これまで俳句甲子園の決勝戦は、バスケの試合と重なって観戦できたことがなかった。第25回は地区予選から本選まで全部観られて嬉しかったという。

「第17回えひめスポーツ俳句大賞」の「俳句部門（ジュニア）大賞」を受賞したのもバスケットの句だ。

ディフェンスは足から先に風光る　　野村颯万

春の光の中。バスケット選手たちの機敏な動き、キュキュッという靴音、弾むボール。そのスピードに風が光り出す。そういえば、駿介君も、果凜さんも、スポーツと俳句を両立していた。俳句は体育会系との相性も抜群。心が鍛えられるし、五感が研ぎ澄まされるのだろう。

バスケット同様、書道の先生であるお母さんの影響で、幼いころからずっと書道が身近にあった颯万君。古典の「臨書」に初挑戦。かの顔真卿の「祭姪文稿」の一部を臨書した。

顔真卿の山の一画ヒヤシンス　野村颯万

顔真卿は唐の時代の書家。それを知らなくても、一画、一画に、墨が香るような生命力溢れる「山」の字が浮かぶ。颯万君は、ヒヤシンスの一本の茎が小花を支える凛とした姿に、同じ力強さを見出したという。
幼い頃は、「じっと座らせて書道をやらせるのは到底無理」だったとお母さんは語っていたが、現在では、書道もバスケット同様生活の一部となり、俳句の糧となっている。

『プレバト!!』以降、颯万君の投句先はラジオへも広がった。果凛さんから、「南海放送ラジオ『夏井いつきの一句一遊』面白いよ、投句してみたら」と教えてもらったのだ。兼題「月」で投句したら、金曜（特選句）に読まれた。

アロサウルスの頭骨の穴月の影　野村颯万

この句は「俳句名刺」にも載せた。結雅君や果凛さんの名刺に刺激されて作ったのだ。

そして、『夏井いつきの一句一遊』には、颯万君を巡る若い俳人たちの成長ぶりが届くようになる。

「俳句甲子園観戦の時、幸の実ちゃん（果凛さん）に打楽器ちゃん（武田琉里さん）を紹介され、打楽器ちゃん一家も「いつき組中学生会（現・いつき組中高生会）」へ入ってくれました。結雅君のお父さんが夏雲システム（インターネット句会のためのシステム）やZoomを使って句会ができるように手配して下さり、句会が始まりました。句会には親や家族も参加して、でも、司会は中学生が順番にやっていこう、ということになり、まずは僕の司会から始まりました。僕は『中学生会を作ろう！』と言い始めただけ、周囲の人のお陰なのです。入ってくれたメンバーと助けてくれる保護者の方々に、本当に感謝です」

三歳の頃から「句座」という大人たちが本気で語り合うコミュニティの中で、他人の心に寄り添い合い、「句縁」という名の年齢も性別も関係ない友情を育む姿に接して育ってきた颯万君。図らずも、「他者を信頼する」「信頼される人になる」という資質が育ってきたのだろう。中学生会の立ち上げについても、「言い始めただけ」で全ては皆のお陰だと言える心の健やかさ、謙虚さに感服する。

同級生の結雅君は、お互いに高校受験。颯万君は、俳句部がある愛媛県立今治西高等学校への進学を希望している。結雅君は、愛媛県立今治西高等学校伯方分校への俳句留学を希望。俳句留学の先輩、叶羽さんとの句縁も繋がり、友情の輪が広がっている。二人とも今治の高校に合格したら、今までよりもっと会える。句会も一緒にできる。良きライバルでもある颯万君と結雅君。来年の俳句甲子園で、二人の俳句対決をぜひ見てみたいと願う。

2023年、ラジオ番組『夏井いつきの一句一遊』に、颯万君からこんなお便りが届いた。

「組長！　このたび無事、第一志望の高校に合格しました！　受験勉強中は、一句一遊の番組や、やのひろみチャンネルなどでたくさん応援していただき、ありがとうございました！　また、句座を囲んだことのある方々や、SNSで繋がっている皆さんからもたくさん励ましの言葉をいただき、ありがとうございました！」

そして、今治西高等学校に合格した颯万君と、今治西高等学校伯方分校に合格した結雅君が、第26回俳句甲子園の松山地方予選に、二人とも出場することとなったというのだ。

2023年6月18日、松山コミュニティーセンター三階大会議室。待ちに待った瞬間。俳句を通じて出会った同級生、颯万君と結雅君が、今まさに俳句甲子園の地方大会に参加し、紅白のチームに別れて試合をしている。兼題は「草餅」。

お日さまを吸うた重みや蓬餅　野村颯万

草餅を分けられ祖父の手の形　　水野結雅

　この二句の直接対決はなかったが、白シャツの制服の颯万君と、ピンクのポロシャツの結雅君のディベートの応酬を見ることができた。それぞれが一所懸命に、自チームの一句について言葉を尽くし、季語への理解を深め合い、更なる句の可能性について論じ合った。結果は今治西高等学校の勝利。

　次は颯万君から届いた続報だ。

「先週、ついに俳句甲子園の地区大会に出場することができました。初戦がまさか!『いつき組中高生会』の結雅君のいる伯方分校との対戦とは!

　僕の句への鑑賞については、思ったより発言することができ、結雅君の質問に答えられた時は嬉しかったです。ディベートをもっと鍛えていかなければならないと思いました。二戦目の愛光さんはディベートが上手で、句の景を読み取ってもらえた時は嬉しく、突っ込まれた時は返す言葉が見つからず、悔しい思いもしました。試合後、『今度練習試合しましょう』『あの君の句、良かったよ』と言ってもらえた時は嬉しかったです。中高生会のメンバーとも、次こそは全国大会で対戦できるように頑張ろう！　と確認し合いました」

最後に、私と颯万君の一期一会の思い出も付け加えておく。

颯万君のインタビューの日、夫のニックが「少年俳人に敬意を表して」と、バッハ『無伴奏チェロ組曲』から二曲演奏した。第三番のプレリュードとジーグ。宇宙の成り立ちや、太陽系の公転を想起しつつ弾く曲である。夫は、バッハを教える時、演奏の技術や音楽性よりも、楽曲から空想するイメージを物語る方法を好む。俳人颯万君は、ニックのバッハを、どのように受け止めたのだろうか。

そして、その時の一句が、「集まれ俳句キッズ」の「はなまるキッズ」に選ばれたのだ。

全身で鳴らすチェリスト今朝の秋　　野村颯万

選者夏井いつきの「『全身で鳴らす』という描写は、チェロという楽器の大きさとも相まって良い表現ですね。さらに、季語『今朝の秋』との取り合わせは、チェロの豊かで深い音色にも似合います」との評が心に残っている。

鳴く虫のセロの音色に結球す　　　朗善千津

野村颯万自選十句

2022年現在

あしなのにかげはてみたいあきのあさ

しょうがっこうのけむしのちはみどり

ディフェンスは足から先に風光る

小指には小指の役目鰯雲

白南風よレールの下の砕石へ

アロサウルスの頭骨の穴月の影

早梅や空を元気にするひかり

惑星の壊れて落つる椿かな

酸化銅の還元静か梅雨夕焼

初明り油性のインク滲む絵馬

『プレバト!!』のＤＶＤを見終えてふつふつと湧いてきた
「一体どんな風に育てば、あんなにのびのびと俳句を作り、俳句を味わえるようになるのか？」
という好奇心。一人一人の俳句物語をまとめながら、一滴ずつ満たされて満々となっていった。

自立心をもって、俳句にも人にも真っ直ぐに向き合っていく馬場叶羽さん。
自然と人が共存する俳句文化の中で、宇宙への夢の実現を図る宇都宮駿介君。
現代社会の中で、俳句は家族の絆を深めることを体現している阿見果凛さん。
表現者として、俳句に限らず詩歌の世界に個性で挑み続ける水野結雅君。
シンプルで、楽しくて、強い俳縁という友情の橋渡しをする野村颯万君。

俳句を通して、お互いの存在や作品を認め合い、成長し続ける五人の物語を目の当たりにして、俳句が、持続可能な未来への希望となる手応えを、ますます感じるようになった。俳句は、新たなコミュニケーションツールとして機能し始めているのだ。

俳句が育んでいく「自立」「夢」「家族」「個性」「友情」。健康で、謙虚に、共感力に溢れる五人の若き俳人たちの未完の物語は、これからも俳句と共に続いていく。

おわりに

この本に記されているのは、全てノンフィクションの成長物語だ。子供たちは、俳句と出会い、自らを表現する言葉を手にする。言葉を育てることは、心を育てること。相手を思いやる心、行動を起こす意志、悔しさから立ち上がる力。それらは、そのまま人生を「生き抜く力」となる。

私は常々、「俳句は人生の杖」だと説く。

辛いこと、苦しいこと、深い後悔、どうしようもない憤りや怒り。そんな負の感情に、自分の心を占領されないように、悲しみの沼に自分の心を溺死させないように。感情を言語化し、自分自身を客観的に見つめる目を育てる。その力を身につけるための有効な杖が俳句なのだ。

が、本書をまとめ直して改めて思ったのは、俳句は「ハリー・ポッターの杖でもある」ということだ。今まで、気づいてなかったこと、知らなかったこと、できなかったことが、俳句を通して、気づき知りできるようになっていく。

例えば、もう一つのこんな物語。

俳号「打楽器」こと武田琉里さん。小学生の頃から、愛媛新聞の「集まれ俳句キッズ」に投句を始め、その俳句の種を家族に蒔き始めた。

お母さんの俳号は「マレット」、お姉ちゃんは「管楽器」、小さな弟は、「小物打楽器」を名乗り始めた。家族それぞれが俳句を始めたのは、琉里さんがいかにも楽しそうに俳句を続けていたからに外ならない。


これも常々言っていることだが、俳句は才能ではなく筋肉だから、続けていけば必ず俳句の筋肉＝俳筋力は、身についていく。俳筋力がついてくると、作る力も読み解く力もどんどん上達していく。上達していくと、評価される確率が少しずつ高くなっていく。新しい場にも挑戦したくなる。

やがて、南海放送ラジオ『夏井いつきの一句一遊』に琉里さん一家の投句も届くようになり、番組を通じて、若い句友たちと知り合うこととなる。颯万君がラジオを通して呼びかけた「いつき組中高生会」の結成時（当時は「いつき組中学生会」）から、琉里さんも参加。彼らは、ネット句会「めぶき句会」の開催を決め、活動を始めた。句会のルールを決め、募集の画面を作り、参加者を募る。ラジオでの呼びかけに、参加したいという小学生たちも出てくる。小さな子供たちにとってどんな配慮が必要か、保護者と連絡を取りつつ、自分たちで工夫し始める。

更に、俳句部のない高校に進学した琉里さんは、小学生の頃から憧れであった「俳句甲子園に出たい」と、自分の力で仲間を集めることを決心。粘り強く勧誘を続け、幼馴染みで吹奏楽部の永井和花さんや、琉里さんと同じ理科部の三人のメンバーが「しぶしぶ参加」してくれることとなった。そして、俳句甲子園の参加申し込み締切日前夜に、メンバー五人の愛媛大学附属高等学校チームが結成されることとなった。

いつき組中高生会が主催するネット句会「めぶき句会」の案内には、「この句会が、俳句が大好きなみなさんの広場の一つとなりますように」との思いと共に、挑戦状が添えられていた。

琉里さんを中心に猛練習をして臨んだ地方大会。結果は敗退だったけれど、「来年も出よう！」と肩を組み合う五人の姿が強く印象に残った。

五七五と出会った子供たちの物語は、ここが終わりではない。この物語は、果てしなく続いていくネバーエンディングストーリー。いずれまた続編を書く日も来るに違いない。

予てからの念願であった本書の改訂加筆においては、ＭＢＳをはじめとする番組関係の皆さんのご理解とご協力を頂き、出版については春陽堂書店さんと初めてのご縁を頂いた。校閲の八塚秀美さんには、今回も全面的に助けてもらった。快く取材に協力して下さった五人の子供たちとご家族。この本を世に出すために力を貸して下さった全ての皆さんに、改めて心からの感謝を捧げたい。ありがとうございました。

夏井いつき

夏井いつき

昭和32年生れ。松山市在住。俳句集団「いつき組」組長。第8回俳壇賞。第72回日本放送協会放送文化賞。第4回種田山頭火賞。令和5年度文化庁長官表彰。俳句甲子園創設に携わる。松山市「俳句ポスト365」等選者。初代俳都松山大使。『句集　伊月集鶴』等著書多数。

ローゼン千津

（株）夏井&カンパニーライター。俳句翻訳、エッセイ。いつき組。俳号朗善。チャイコフスキー国際コンクール優勝チェリスト、ナサニエル・ローゼンの通訳。『句集 JIGAZO 自画像』。夏井いつきとの共著に『寝る前に読む一句、二句。』『食卓で読む一句、二句。』。

ブックデザイン　山口桃志

五七五と出会った子供たち

2024年6月25日　新版第1刷発行

著　者　夏井いつき　ローゼン千津
発行者　伊藤良則
発行所　株式会社 春陽堂書店
〒一〇四-〇〇六一
東京都中央区銀座三-一〇-九 KEC銀座ビル
電話 〇三（六二六四）〇八五五（代）

印刷・製本　中央精版印刷株式会社

本書のご感想は、contact@shunyodo.co.jp に
お願いいたします。

定価はカバーに明記してあります。

ISBN 978-4-394-90487-8 C0092

編集協力◉八塚秀美（夏井&カンパニー）